TUN-TA-CA-TUN:

More Stories and Poems
In English and Spanish
for Children

Edited by
Sylvia Cavazos Peña

Illustrations by
Narciso Peña

Arte Público Press
Houston

TUN-TA-CA-TUN is made possible by a grant from the Capital Cities Foundation, Inc., and KTRK-TV, Houston.

Arte Público Press
University of Houston
University Park
Houston, Texas 77004

Copyright © 1986 Arte Público Press
Library of Congress Catalog Number 84-072297
ISBN 0-934770-43-3
Printed in the United States of America

Table of Contents

I. English Selections

INTRODUCTION by Sylvia Cavazos Peña   5

POEMS

Frances Mancilla	*The Puppies*	14
	Five Mice	15
	Rosey	16
	The Flower	17
Elsa Zambosco	*The Sad Little Cow*	18
	Chick in a Corner	19
	Twixt Duck and Duckie	20
	Bambi	21
Silvia Novo Pena	*Songs From The Blue Birdhouse*	22
	Presents from the Fairy Godmother	25
Naomi L. Barletta	*Traffic*	29
Angela McEwan-Alvarado	*When I Was a Little Girl*	30
Pat Mora	*Tarahumara Indians*	31
Sylvia Cavazos Peña	*Not a Not but a Gnat*	32
	My Prize	34

STORIES

Mark Blickley	*The Flight of the Christmas Spirit*	36
Franklyn P. Varela	*Tun-ta-ca-tun*	47
Sylvia Cavazos Peña	*The Strombus*	53
Alberto and Patricia De La Fuente	*Sunkissed: An Indian Legend*	59
Pat Mora and Charles Ramírez Berg	*The Legend of the Poinsettia*	71
Sylvia Contreras	*The Unicorn*	79

Nicholasa Mohr	*Jaime and the Conch Shell*	83
Guillermo Wild	*Juan and Taco*	92

II. Spanish Selections

INTRODUCCION por Sylvia Cavazos Peña — 104

POEMAS

Frances Mancilla	*Los Perritos*	113
	Cinco Ratones	114
	Rosita	115
	La Flor	116
Elsa Zambosco	*La Vaquita Triste*	117
	El Pollito Reprendido	118
	Entre Pata y Pato	119
	Bambi	120
Silvia Novo Pena	*Cantos de la Pajarera Azul*	121
	Los Regalos de la Hada Madrina	124
Naomi L. Barletta	*Tránsito*	129
Angela McEwàn-Alvarado	*Cuando Yo Era Niña*	130

CUENTOS

Mark Blickley	*El Vuelo del Espíritu de Navidad*	131
Franklyn P. Varela	*Tun-ta-ca-tun*	143
Sylvia Cavazos Peña	*El Regalo del Estrómbido*	149
Alberto y Patricia De la Fuente	*El Sol-Beso: Una Leyenda Indígena*	155
Pat Mora y Charles Ramírez Berg	*La Leyenda de la Nochebuena*	168
Sylvia Contreras	*El Unicornio*	177
Nicholasa Mohr	*Jaime y la Concha de Caracol*	181

III. Contributors/Colaboradores — 190

Introduction

LANGUAGE, READING, LITERATURE AND THE CHILD

A primary goal of schools in all parts of the world is to help the child master his language, and perhaps others, in order that he may share his way of life with those around him. This is not an easy task even under ideal circumstances. Although all children as members of the human race are equal, each nonetheless is an individual. Thus, despite all the common attributes which they share, the numerous differences that exist between them give rise to problems of pedagogy.

In this volume of children's literature, pedagogy as such does not interest us. Rather, we would like to foster an appreciation for literature as a patrimony of our culture. With this as our aim, however, we must address ourselves to pedagogy, at least to the question of the role which literature should assume in teaching children to read.

Through literature man broadens his understanding of the world, humanity and himself. It is also through literature and exposure to other areas of learning that he improves his ability to read and increases his mastery of language. In addition, one must consider another aspect of great importance. This is, that through conscientious study of classic works, of works from other periods or cultures, in addition to the contemporary (and colloquial), the individual increases his reasoning skills.

This last point is an important key in teaching, since the goal of education is the maintenance and transmittal of culture. At the same time, however, it has the goal of promoting intellectual discipline in order that the individual master reason, logic and thought. This is where literature takes on a significant role.

During a child's infancy he can begin to appreciate the

world of books. Children's literature helps the child in his development during his second infancy and adolescence. The more he is read to orally with various kinds of books for his age group, the more interest the child will have in listening to other books. Similarly, through exposure to the language of a well-written book, the child will improve his command of the language and his ability to express himself. This may seem obvious, but the fact remains that if a child's vocabulary is rich when he enrolls in school for the first time, attainment of the skills necessary for learning will be that much easier.

Upon hearing oral recitation of literature, the child observes how a book should be held, how reading is done from left to right and how one goes from one page to the next. All of this is discovered at the child's own pace, without necessarily having to directly point out to him where the words are on the page and why. In the same way, the child forms hypotheses concerning the relationship between a sound and a corresponding graphic symbol on the page. All of this occurs in a natural way, at a natural pace, despite individual differences. Even a child from an environment in which reading of any kind is lacking, begins to develop these hypotheses, even if learning does not occur until some time later.

This last point is of considerable importance, since many of us have come to the erroneous generalization that the child from an economically disadvantaged family necessarily has a limited capacity for learning. As a result of these erroneous perceptions, this child is often relegated to a group of slow or problem students, and as a result receives an education based on his supposed deficiencies rather than on his true abilities. There is little expectation that such a child can reach the same objectives as his more 'accomplished' companions, or participate in the classroom at the same educational level.

Nevertheless, studies have proven that even this child is capable of increasing his reading proficiency through literature. He not only gains mastery of the mechanical skills involved in reading, but of other, much subtler skills. For example, his understanding of the word increases in proportion to his direct and personal contact with it. This is how the child increases his understanding of concepts that form the basis for the development of reasoning. The child thus learns to read with more and more proficiency and at higher levels of comprehension.

The child also discovers the relationship of the word to its use in a phrase or sentence. In this way, he learns that the context helps him understand, so that even when he does not understand a word in a sentence or phrase, he should not immediately give up his efforts to understand such words. The writer helps him to understand and arrive at his message by giving him clues, and the more he reads or hears in oral presentation, the quicker he will gain an understanding of other methodologies for reading.

The good reader has a specific purpose for reading. The child also will learn to look for certain kinds of texts for specific kinds of information. He will arrive at the conclusion that if he wants to enjoy a story about a fairy godmother, for example, that he should not go to a newspaper to find that kind of text. To learn something new, previous knowledge and experience should be brought to mind in such a way that the one is brought into relation with the other. In this way, the student begins to create schemes, a series of understandings, which facilitate the acquisition of new concepts and skills.

All of this is achieved through some of the most intimate avenues which are possible in language: reading and literature. Language does not develop for its own ends, but instead as a function of direct and varied experiences. Literature must be considered as a function of language, but use of language in the schools is often removed from the natural context and real-life experience. There is no denying the fact that the language of the school must be mastered, since in our society formal education is a means for molding the 'good' citizen. It is important that language be mastered to a level which will allow participation in any social activity. This is where literature plays a very definite and crucial role. Literature offers a child a more genuine look at the real world, especially when it is generated from his own cultural context.

The same can be said of the relation between literature and reading. It is obvious for the majority of us that the utility of textbooks which are used in the classroom is diminished by pedantic and unnatural language. There is sufficient information to indicate that students are not very interested by what they encounter in those texts and, for the most part, are overwhelmingly bored by them. This results not only because of the writing style, but also because of the topics which are included in the texts. At times they are so abstract, so lacking in imagination, that even the instructor soon realizes that the texts are of no interest to the child. Good literature, the good story or poem, can resolve many of these problems.

This collection of stories and poems is presented with the goal of remedying the dilemma which confronts the teaching of reading in Spanish and English here in this country. We take into consideration the fact that the different school texts, or "basal readers," which are used in bilingual education programs are filling a great necessity, since the instructor requires material in the child's native language in order to achieve goals determined by the schools. Given the difference in the mastery of the mother tongue and, apart from that, the different levels of cognitive development, the teacher must structure the program of instruction in one way or another. But, unfortunately, in this country, as in others, one program of instruction is used for the entire student population in a given school zone.

This practice gives rise to many problems, since publishers of teaching materials must in some way 'normalize' their books of instruction. We concur that this practice in itself is not necessarily detrimental, since we all share the same fundamental experiences and in that sense have the same needs. Nevertheless, neither can we deny that many children find it difficult to comprehend themes outside of their own experience. These children remain, therefore, outside the circle of those who *do* understand and continue forward without suffering academic setbacks. A situation like this one can be easily avoided by putting those children in contact with stories or poems which are true to their sphere of understanding.

The first verse selections of this edition are materials collected from the Hispanic community of Houston. The intent of the collector Frances Mancilla, who interviewed various individuals, was to compile material from our own tradition and share it with her students in bilingual education classes. Many voices are heard in the few verses which she presents. "The Puppies," "Five Mice" and "Rosey" are perfect examples of the lyric facility, however ingenuous, of a community which, like any other community, fixes its attention on the daily occurrence and records it in verse. In "The Flower" we find not only a short story in verse, but also plays on words which will serve as hidden lessons in diminutives and augmentatives for the young reader.

Elsa Zambosco's poems will delight the youngest reader for they suggest a conversational style that brings the reader right to the form. The animals are the all too familiar cow, duck and deer, but Zambosco has removed them from a trite setting and created an intimate one which works well in each poem. Novo Pena's poems will be easy for children to learn to recite. The rhythm and rhyme work so well that the images are easy and vivid. In her second poem, the perfect combination of animal and gift are easy to grasp so that learning the poem should prove a challenge but not an impossible one.

Naomi Lockwood Barletta contributes two poems on topics which are unusual. In "Traffic," we hear the noise of man-made machines, so oppressive and intrusive that the sky is "shrunken by the honking / and the hacking, coughing streets." This brief poem can be utilized in presenting Barletta's point of view to a child, and having him compare it with his own, or at the least take it into consideration as he seeks to understand the world around him. What stands out in the poem "When I was a Little Girl," is the situation which is so typical for readers and listeners. No child escapes this poem's warning to behave and be still. A child can even find in the poem inspiration to write his own verses about the usual, the familiar, the universal in his own life.

"Tun-ta-ca-tun," which serves at the same time as the title for our collection, is a story of how the island of Puerto Rico was created. Franklyn P. Varela creates convincing imagery to give a mysterious tone to this story of how Yuquiyú conquered his brother Juracán, thereby managing to sow the *quenepa* seed from which the island was born. Each event gives rise to the next in order to keep the reader's interest through the central characters' problem or conflict of the moment. Because the story is a short one, it is important for the author to control its denouement; otherwise, the ending would lack effect. And in "Tun-ta-ca-tun," Varela offers his young readers a story which will be sustained not only by its theme, but equally by its artistic merit.

The sea has always fascinated writers throughout the world, and in "The Strombus," I have tried to capture the mystery and majesty which the sea and its creatures produce in a little girl who is drawn by the shells which abound in it.

Manifestations of literary and artistic quality from the ancient American Indian groups has always fascinated those who come to know them. Alberto and Patricia de la Fuente have collected some stories from that period which they now offer in narrative form for the young reader. The story "Sunkissed: An Indian Legend" is presented in a more extensive version than the other works in our collection. They will keep the reader's interest through the intriguing conclusion, which is at the same time plausible within the genre of legend. The imposing figure of the sun, Tonatiuh, is in perfect contrast to two no less impressive figures: Margarita, the flower with an earth-colored face, and Lala, the trout-poetess. The convincing characterization of these legendary figures makes them stand out as fantastic beings who inhabit a marvelous world not much different from the child's. The De La Fuente writing team presents ancient literature with such a degree of artistry that the good instructor should have no difficulty putting "Sunkissed" within the reach of his students.

In her first literary effort, Sylvia Contreras has created a fantasy which will not fail to stimulate the imagination of her readers. "The Unicorn" is a brief story in which a young girl learns the lessons of friendship and love. At the same time, the protagonist finds out that the realization of her dream has cost her the love and guidance of her family. In this way, Contreras avails herself of the traditional fairy story formula to elaborate on the concept of friendship.

"The Unicorn" and "The Legend of the Poinsettia" transform the unreal and the unique into very real and very common situations. "The Unicorn" is Sylvia Contreras' first literary effort, and she succeeds in taking the formula of a fairy tale in order to create a story about friendship. In the same way, Pat Mora and Charles Berg weave an interesting account of a common object, a flower, which is nonetheless unique. The legend will stimulate interest in other objects for the authors use the language well to pique the reader's interest and curiosity.

Few writers have attempted, much less achieved, a story in a dialect which combines both English and Spanish. In "Juan and Taco" we have a story for readers from 3rd to 5th grade. This story concerns a boy whose best friend is a dog with which he spends his free time. Since Taco is growing old, Juan discovers that his good friend is very ill. The author of the story poses a dilemma for our readers: Juan must face up to the inevitable death of his dog and endure the grief and sadness of his loss. Guillermo Wild manages these emotions delicately. "Juan and Taco" is certain to stimulate interesting discussions as readers consider this problem.

In "Jaime and the Conch Shell," the well-known writer Nicholasa Mohr develops as a theme the problems which arise for a child when he finds himself far from his native soil. This is a situation that many children must face, but which they do not easily understand, given the emotions produced by a new and unknown environment. In this story, it takes some time for Jaime to feel himself a part of his new home, and the reader can sympathize with the child and with the way that he manages to overcome his sadness and nostalgia for his native land.

And this is what all literature for young children must do if it is to help them to learn to appreciate it, to gain knowledge about themselves and the world around them. *Tun-ta-ca-tun* has been prepared to bring young readers closer to themselves and their world. Only through listening or reading what is collected in this volume can this purpose be achieved.

With this collection of literary works, *Tun-ta-ca-tun,* we propose to aid teachers of Spanish-speaking children bring young readers to the rich world of literature. As they proceed on this journey, we can expect that in addition to knowledge about the written word, they will also gain knowledge about themselves and the world around them.

Sylvia Cavazos Peña

Frances Mancilla

The Puppies

Back in the forest
there's a place, I know.
Go out and find it.
You won't have far to go.
Look in through the window,
see the pups all in a row,
see old Mister Teacher
teaching without fail.
"If you want to learn, he says,
stick up your ears
and wiggle your tails."
All the puppies work hard,
writing a "w" by an "o."
Listen how they laugh now
spelling out "BOW WOW."

(trans. N. Kanellos)

Frances Mancilla

Five Mice

Five mice in the kitchen
eating bread and sitt'n.
Jump on to the table
stealing what they're able.
But the big saucer eyes
of the cat are a surprise.
Back into their hole they run
never again to see the sun.

(trans. N. Kanellos)

Frances Mancilla

Rosey

Rosey cut a posey
But mommy scolded Rosey
and Rosey got more rosey
than the posey she had cut.

(trans. N. Kanellos)

Frances Mancilla

The Flower

Here's a sad flower, FLOWER, flower.
Came the eagle, EAGLE, eagle.
Said the eagle, EAGLE, eagle
to the flower, FLOWER, flower,
"Why are you so sad?"
"Because that cloud, CLOUD, cloud,
won't give me water, WATER, water."

Up went the eagle, EAGLE, eagle
—flying—FLYING—flying
right up to the
cloud, CLOUD, cloud:
"Why don't you water, WATER, water
the little flower, FLOWER, flower?"
"'Cause I won't, WON'T, won't."
Then the eagle, EAGLE, eagle
flew right through the cloud, CLOUD, cloud
and it rained so much
that the flower, FLOWER, flower
drowned, DROWNED, drowned.

(trans. N. Kanellos)

Elsa Zambosco

The Sad Little Cow

Why are you so sad, little cow?
Can't you see how blue the sky can be?
Can't you feel the warm, humid
grass hugging you all green?
Look at me, little one, I'm here.
Can't you see I've got a little smile
hanging on my pony tail?

Let me see you swing your tail,
kick up your four little hooves
and butt your horns up high.

Even if you're unhappy
you're still my pretty little cow.
Come, give me your milk so sweet.
Oh, what a yummy, honey treat.

(trans. N. Kanellos)

Elsa Zambosco

Chick in a Corner

What have you done,
my downy little one
to make your rotund mother
stick you in that corner?
Don't feel bad, my chickadee
your mother's not a real meanie.
She loves you more than all the sea.
Take your beak out of that corner
and ask forgiveness of your mother.
Oh, feathery love.
Oh, feathery, feathery love!

(trans. N. Kanellos)

Elsa Zambosco

Twixt Duck and Duckie

Quack, quack—the mama.
Quack—the little son.
Quack, quack, quack
Quack, quack.
If you can't get your way,
tomorrow is another day.
So take a bath without sorrow
maybe you can win tomorrow.

(trans. N. Kanellos)

Elsa Zambosco

Bambi

Swift and bright as a ray of light.
Gentle and tender as the blowing grass.
I've come to give you your daily bread,
come to see your sweet eyes and pat your head.
You see me, but won't come,
you start, then stop, then start again.
You trust me, then not again.
You want your bread, but shake your head.
Sweet and free,
noble and warm,
like a bird in the air,
like a statue on the plain.
I'd like to hug you as you leap,
but how you flee, even in my sleep.
Oh, Bambi, nobody's Bambi,
Bambi, into my dreams you leap.

(trans. N. Kanellos)

Silvia Novo Pena

Songs from the Blue Birdhouse

Birdhouse of blue,
birdhouse alive
with lilies and fountains
and chattering birds,
how sweet is the singing
that rings in your midst!
Birdhouse of magic.
Birdhouse of joy.

The sprightly boy parrot,
the green parrot Peter,
has lost his green heart
to the pretty white lory.
And the lory in return,
all night sings her song
to the happy boy parrot
who answers with love.

The cardinal knits
his delicate nest
while waving his crest
with white silken threads.
His red hatted friend,
all snug and abed,
her beak to the winds,
knits hours away.

In the shining fountain

with droplets like crystal,
the rainbow is dancing
and the lilies are swimming.
The meadowlark, happy,
all fat and red chested,
his wet feathers is combing
and his brown beak moistening.

Rosella is a flurry
of brilliant soft feathers,
there's green and there's yellow,
there's red and there's blue.
Oh, brilliant Rosella,
come bathe in the fountain.
The bright lilac parrot
is waiting for you.

The handsome canary
is skirting the blossoms
and a crimson flower
her wingtips are kissing.
Canaries are always
of bright flowers dreaming
and perched on red blossoms
they watch for the dawn.

Oranges and apples,
watermelon, grapes,
for the happy birds
that play through the hours.
Sunflower and millet,

sweet maize and wild oats,
for the soft blue doves
that coo in the sun.

(trans. S.N.P.)

Silvia Novo Pena

Presents From the Fairy Godmother

Little fairy, magic fairy,
sweet godmother—Oh, so merry!—
always first to come in Spring
to the forest and to bring
presents small and presents great
to the animals who wait
while she reads off from her list
singing, dancing in the mist:

This little chair is for the squirrel,
its umbrella is like a bell.
To you, fly, who are so sly,
here's a sticky sugar pie.
And for Penguin Peek-a-boo
I've a cane that's navy blue.
For the spider that's a glider
there's a jug of apple cider.
For the monkey that climbs trees
a kimono knit by bees.
For Canary a dictionary
and a locket he can carry;
An embroidered muskrat hat
for my friend the pussy cat.
For the shiny ink-black rooster
ears of corn that grow in Wooster.
For the monkey Kikoman
a silk purse made in Japan.

And for Richard, Leopard brave,
French perfume you so much crave.
Then we come to Tigress Terry.
Here's a ribbon red-strawberry.
There's a rose soft as a sigh
for the snow-white butterfly.
And for Teddy, bright green lory,
a frock-coat that's bright as glory.
For the cow that gives you milk
a pink hammock of spun silk.
And the cardinal's red head
will enjoy this wooden bed.
For old Pepe the armadillo
brush and comb and bright blue pillow.
And for Stella the rosella,
a nut cake from Venezuela.
Then the serpent you call Vince
gets a toothbrush and mouth rinse.
And for the dolphin who's a snorter,
there's a fiddle made for water.
And for Tina, the fat hen,
this red pepper from Cayenne.

Sweet and purple dusting powder
for the skunk who smells like chowder.
For the lion who's a loudmouth
an accordion from the warm South.
For the lizard who's so old
I've a ring of pearls and gold.
For mosquito, the best dressed,
pastel-green-bright-buttoned vest.

For the centipede named Gerry
seven bottles of sweet sherry.
And for Jane, the biggest frog,
a deep pond carved from a log.
For the owl with green eyeshade
there's these gloves made out of suede.
For the hummingbird named Booby
there's a bracelet with a ruby.
For the zebra with the grin
I've two gallons of Swiss Gin.
For the cricket, squeeky bug,
China plates and China jug.
For the roach who's not too neat
a red pie of sugarbeet.
Then there's elephant, gray almond,
here's a stickpin with a diamond.
And at last for porcupine
derby hat all trimmed with twine.

Thus the pretty little fairy
coos and sings with voice so merry.
"Dear sweet friends, the big, the small,
do my presents please you all?"
"Oh, yes fairy, magic fairy,
sweet Godmother, oh so merry.
Our new presents big or small
are the greatest of them all!
Thank you, kind Godmother, bright,
you are a ray of sweet moonlight.
As you dance and call and sing,
you are the messenger of Spring."

Naomi Lockwood-Barletta

Traffic

By day,
and by night
through the streets of my city
the procession is seen
of cars and machines
and marvels of steel
and the invaded heavens
seem so small
shrunken by the honking
and the hacking, coughing streets.

(trans. N. Kanellos)

Angela McEwan-Alvarado

When I Was a Little Girl

When I was a little girl
Tula would take me to mass and say:
"Be good and be quiet."
But I'd want to see the people,
like little Miss Margaret,
so elegantly dressed
with her hat and her gloves,
or old man Ramiro with his neck so skinny,
sticking up from his collar so starched
and his enormous coat.
When I misbehaved,
Tula would pinch me,
but oh how I loved it all
when I was a little girl.

(trans. N. Kanellos)

Pat Mora

Tarahumara Indians

I hear the rhythm of the Tarahumaras
pom, pom,
I hear them hoeing in the cornfields
pam, pam,
I hear them patting tortillas
pam, pam,
I hear them herding their goats
pam, pam,
I hear their bare feet on the land
pom, pom,
I hear them running, running
pom, pom,
I hear their steady drumbeats
pom, pom,
pom, pom,
pom, pom.

Sylvia C. Peña

Not a Not but a Gnat

I've heard people say
I'm a not, not a gnat.

For all through the day
when it's humid and hot,

as I fly and I flutter
They shake and they stutter.

They wave and they clap
as they try to discover,

with a slam and a slap
what is all the bother.

So small and so tiny,
I'm just looking for honey.

But look as they might
and thrash all about,

I'm quick out of sight
and leave them in doubt.

You see, I like faces
so I'm off to the races!

"What's that, what's that?
It tickled my nose, it tickled my cheek!"

"It's a gnat, it's a gnat!
In your nose it did peek!"

I fly and I thrive
and I love to be warm.

I sure wish to survive,
so I live with my swarm.

And if you think I'm a not,
just wait till you're sweaty and hot.

Sylvia C. Peña

My Prize

Did you ever get a prize
that wasn't quite the right size?

Or perhaps a prize so off the wall,
you'd rather be someone named Mindy Hall?

Well, I got one that was so right
I went straight home to get a bite!

Not one, not two, but six big pecks untorn
of buttery and sinfully delicious great popcorn!

Oh what a day; oh what a night!
For what, you say? Why, to hide it tight!

To save each and every marvelous kernel
and keep it fresh for me, not my brother Myrnel!

I ate and I ate
until my poor gums ached!

Never before so much maize in me
that my poor tummy cried in plea:

"Gurgle, gurgle, toil and boil
One peck's enough or you I'll foil!"

Oh me, oh my, what can I do?
For this, my prize, cannot stay new.

Too much air and too much time
can render corn like uncooked rind.

Most certainly, a glutton I am not!
But who can pass up popcorn, nice and hot?

And who will want it not so crisp
even if it's served with a lemon twist!

Oh woe is me, my prize is not the lasting kind,
but when the craving starts, I can eat it in my mind.

But for now, still five pecks of corn I've got!
And surely someone out there wants the lot!

Then suddenly, outside my window, what do I spy?
A bevy of pigeons who let out a long, wild cry!

Surrounded by grackles and squirrels and even a lone bluejay,
the pigeons want their share today!

It's clear by now the popcorn must be shared,
for in seeing all those hungry eyes, I cared.

So the pigeons and grackles, and even the lone bluejay, ate up the corn.
And, thankfully, left the bag untorn.

I'd love to say I ate it all myself,
but at least I had the prize bag for my trophy shelf!

Mark Blickley

The Flight of the Christmas Spirit

On December twenty-third, nine year old Maritza Cuenca was driven to the airport in Quito, Ecuador. The driver of the borrowed jeep was the girl's grandmother. For the past two and a half years Grandmother took care of her while Maritza's parents were in the United States working hard and saving money so they could send Maritza an airplane ticket to join them. Although life in the mountain village of Alausi was pleasant and her Grandmother's love helped lessen the longing for her parents, every night Maritza would lie in bed, tossing and turning, wondering about her mother and father. She would feel sad while her entire body throbbed like a giant toothache.

As they approached the airport Maritza watched as a plane screamed louder and louder over the borrowed jeep until it quickly disappeared behind a large building and screeched to a halt on the runway. Maritza grabbed her Grandmother's hand, squeezing it so tight that the woman yelled, "Ouch!" and laughed.

"You must be very exicted, bonita. You will make a great trip. You are so lucky, little one, to fly in a plane to a new world to live with your parents."

"Why can't you come too, Abuelita?"

"Perhaps when your parents save enough money I shall also make the great trip."

"Don't worry, Abuelita. I will work hard, very hard, so you can come stay with us. I promise."

"Very well, if you promise, bonita. I shall begin saving for a fine suitcase and some new clothes to fill it with," laughed Grandmother.

Grandmother parked their neighbor's jeep. Maritza wrapped her arms around a large, heavy suitcase as the two walked towards the terminal.

"I will miss Christmas in Alausi," said Maritza, her voice thick with sadness. "Especially all the wonderful parties and food."

Grandmother touched Maritza's hair, rubbing a braid between her fingers. "Ah, little one, you are receiving the finest Christmas present on earth. The gift of reunion with your parents. It is time to sing, like the engines of your airplane, a song of adventure."

"Yes, but Christmas in Alausi is a whole year's happiness all in one day. I'll miss it a lot and," whispered Maritza, "you too."

Maritza buried her head in Grandmother's warm, soft chest. She looked up and saw her Grandmother's eyes fill with tears. A tear dropped onto Maritza's lip and she tasted the salty sweetness of her Grandmother's love.

* * *

The roar of the plane as it pulled away from the earth frightened Maritza so badly that she had to go to the bathroom, but she dared not leave the safety of her seat.

Maritza's airplane ride grew less frightening as she grew more sleepy. A stewardess asked her if she wanted a soda. Maritza nodded. By the time the stewardess returned with a Coca-Cola, Maritza was slumped in her seat, sleeping. The woman was about to wake her, but noticing the smile on the girl's face, she decided not to disturb her. "She must be having a wonderful dream," said the stewardess to the man sitting next to Maritza.

"Maritza, put that shoe away! It is too early! Papá Noel will fill that old shoe with gifts only on Christmas Eve and not a moment sooner. Don't worry, bonita. I am sure you will not forget to put it in the window for him to see. And if you should forget, I shall remind you, okay?" laughed Grandmother. "Come help me set up our nativity table."

Maritza, embarrassed, put the old shoe back in the closet. "Do you think we will win the contest this year, Abuelita? I was so proud last year. I want to lead the church procession again. It was so exciting carrying Baby Jesus over to his crib by the altar. If we win again, may I lead the procession down the aisle? May I? Please?"

Grandmother smiled. "Of course you may. But do not be so confident. It is said that la señora Luepa has put together a splendid table. Her statues are said to look like life and the Baby Jesus' presents are said to be handsomely carved and painted."

"We shall win again, Abuelita! I can feel it," said Maritza as she gently unwrapped dozens of small wooden toys.

Before long the table was finished. Maritza and her Grandmother stood back to admire it. The nativity scene in the center of the table was beautiful. The freshly polished statues glittered and the gold star painted above the manger was so shiny that Maritza admired its brilliance. Best of all were the handcrafted toys surrounding the nativity and spread over the table. They were the gifts for the infant in the manger and although Maritza knew it was a sin to play with any of Baby Jesus' toys, it was hard not to.

"Lorena Pazmino told me that her brother stole one of Baby Jesus' toys from their table and broke it. It was a game where two Indians bumped heads when you pressed down on a chip of wood attached to a rubberband. El señor Pazmino carved it and Lorena said she painted it, but I don't believe her."

Grandmother frowned. "We must pray that God will forgive her brother. And let us also pray that the bird whistle el señor Prieto made for us does not find its way into your pocket."

Maritza laughed. "Abuelita, I'd never!"

The snapping of firecrackers and the hissing of rockets exploded, disturbing the quiet dusk of Alausi. Maritza ran out of the cottage. "Retreta! Retreta!" she screamed. Other children soon appeared, screaming. A band played music as they strolled up the village path. The loudness of their instruments competed for attention with the Retreta's explosions and sizzling color displays in the sky.

Soon most of the inhabitants of Alausi were dancing in the street. Maritza danced and danced until she twisted her ankle. She sat under a small tree and looked up at the sky. Her eyes followed the hissing of a launched rocket. She watched it burst into a red and green shower. It sprinkled down from the sky like a magical rain. Everything it rained upon became happy. Even mean old Señor Lopez was smiling as he danced with her Grandmother.

"Mira, Maritza, let's join the Nacimiento Del Niño Dios!" cried her best friend, Cecilia. Cecilia pulled Maritza up and they ran over to a group of people singing Christmas songs in front of the Luepa home. The two girls arrived in time to sing the final stanza of "Silent Night." El señor and la señora Luepa invited the singers in for treats.

"You are lucky, Maritza," whispered Cecilia. "Now we can see just how beautiful their nativity table really is without us looking like spies." Maritza winked at her friend and they went inside.

A hard thump woke Maritza. The plane bounced a second time on the runway. Maritza Cuenca was in the United States.

Maritza had never seen so many people indoors as was the crowd waiting for passengers inside of the Kennedy Airport terminal. A kindly old man from a town bordering Alausi helped Maritza clear the U.S. Customs Department, and, leading her by the arm, directed her to the baggage area. It was there, in front of a huge conveyor belt filled with luggage that spun around the center of the room like a merry-go-round, that Maritza spotted her mother and father. She yelled, waved her arms wildly like a person drowning, and ran until she bumped into the round, soft belly of her mother. The newly united family walked to the airport parking lot. All three were unable to speak because each was sobbing with tears of happiness.

As they approached a large red car Maritza ended the silence. "Is this your car, Papi?" Her father nodded. She scrambled into the back seat, carefully running her fingers over the smooth black vinyl. She felt so proud to own a car that her tears dried up and she giggled. She couldn't wait to tell her Grandmother and her friends in Alausi of her good fortune.

During the three hour drive to her new home in Union City, New Jersey, Maritza's parents in the front seat would turn around, look into her eyes and say, "Maritza, it will be Christmas in two days but we can't, um, um . . ." Neither one finished the sentence. Instead, they would glance at each other, fidget and shake their heads.

Most of the ride was in silence. Maritza's excitement over the images flashing past—odd and colorfully shaped cars, giant buildings, enormous roads crowded only by cars, roads built without any walkway space for people, blonde heads zooming past in other cars, airplanes and helicopters roaring overhead—was more interesting than any movie she had ever seen in her life.

By the time the Cuenca family reached their Union City apartment, Maritza was asleep in the back seat. Her mother grabbed the heavy suitcase as her father gently lifted up the little girl. He rubbed his chin with the soft beard against her cheek and kissed her on the nose at the entrance of their sixth floor apartment.

The kiss woke Maritza. She opened her eyes and looked up smiling. "Ah, Papi," she purred like a kitten. She closed her eyes again, returning to the deep, contented sleep of a tired world traveler.

Streaks of gray light blurred her vision the next morning. She sprang up in the bed, rubbed her eyes and skipped over to the window. The people below looked as small as dolls and the sight made Maritza laugh. She felt as though she was the Queen of the Little People because she knew they would all have to look up to her with respect if they wished to speak with her.

She remembered it was Christmas Eve day and it made her laugh and call out, "Hey, you down there! Feliz Navidad! Feliz Navidad!"

A bald-headed man carrying a long loaf of bread looked up at Maritza and waved. The Queen of the Little People curtsied, bowing her head.

Maritza ran into the next room where her mother was sitting on a bright purple chair sewing pockets onto shirts. Piles of shirts and piles of pockets were neatly arranged around the front of the chair and once again Maritza thought of a queen. Her mother looked like a queen on a throne surrounded by her small subjects. Maritza imagined her mother, the Queen, lifting up two of her subjects and instead of sewing, she was actually performing marriages in her kingdom by wedding the smaller pieces of cloth to the larger ones.

Her mother noticed Maritza watching, so she smiled, lay down her sewing and held out her arms. Maritza ran into the strong arms and giggled as they wrapped around her waist. It was the longest hug of Maritza's life. When the grip relaxed, her mother asked if she was hungry.

Maritza shook her head. "What are you doing, Mami?"

"Earning money."

"Where's Papi?"

"At work. He works in a bakery and must leave while the sky is still black."

Maritza looked around the living room and was pleased to see a stereo and record holder along with a large television set. Her mother followed Maritza's eyes and said with pride, "It is color."

Maritza slid off her mother's lap and switched the set on.

A crackling sound and many tiny dots suddenly turned into a colorful picture of a man talking in a funny language. Maritza turned the channels, laughing at the different images that accompanied each click of the knob.

"Wait till I tell Cecilia about this!" thought Maritza. But remembering her best friend made her homesick and the huge framed photograph of her Grandmother hanging on the wall behind the T.V. made her feel sad. Her Grandmother's picture looked different—younger—but the kind smile on her lips was exactly the same.

Maritza shook her head from side to side until she became so dizzy that all sad thoughts disappeared. Maritza discovered long ago that making herself dizzy was the best way to erase thoughts from her mind.

"Mami, tonight is Christmas Eve and Baby Jesus will deliver gifts to our home. I can't wait!"

The girl's mother took her daughter's hands in her own and smiled sadly. "Maritza, I hate to have to tell you this, especially on the eve of the celebration of our Lord's birth, but we cannot afford Christmas with gifts or decorations or the feast we would have in Ecuador. Your father and I have spent much of our savings on your ticket because we felt that the best thing we could accomplish this holiday is to have our family together. Also, bonita, you will have a fine brother or sister to visit and comfort you in about three months. All our money is going towards the expected expense of bringing a fresh life into our family.

"I see hurt in your eyes, daughter. There is much hurt in my heart. Please, please try to understand that it makes your father and me very unhappy to have to tell you these things. I am sorry. Let us pray that the happiness of our reunion will be greater than an armful of gifts and a rich feast."

Maritza smiled up at her mother and said that it didn't matter about having a big Christmas celebration, but the words were not completely true.

Maritza felt wicked because, although she was happy to be with her parents in their new home in the new land, she wished that her ticket would have been stamped for a date after Christmas so she would not have to miss the glorious Ecuadorian festivities. The happy music, her Grandmother's delicious Christmas dinner and the hand-made toys stuck in her mind and no matter how hard she shook her head and made herself dizzy, she could not erase these wonderful memories.

Maritza asked her mother's permission to go outside. She agreed as long as Maritza played in front of the building where she could watch her.

Maritza sat on the stoop watching the people hurrying past. She was disappointed at not seeing any Americanos. She expected to see hundreds of blonde-haired, blue-eyed people. The only blonde haired people walking around were a few Hispanic women. This surprised Maritza until she noticed that the women's hair had dark roots. They bleach their hair, she realized. "People are silly, here," Maritza whispered to herself.

A girl a bit taller than Maritza came hopping down the stairs. She paused as she reached the step where Maritza was sitting. The girl squinted at her. Maritza smiled. The girl spoke to Maritza in a strange language. Maritza shrugged, shaking her head. The girl spoke in Spanish.

"You the one moved in with the Cuenca's in 6E?"

Maritza was taken aback at the girl's familiarity. "Yes, Señor and Señora Cuenca are my parents."

"What's this señor, señora stuff? What's your name?"

Maritza did not want to speak with such a fresh girl. "Why do you show such disrespect for my parents? I would not address your mother and father in such vulgar terms."

"Vulgar terms! What are you talking about?"

"Have you no manners? You must speak in the formal language when discussing adults unfamiliar to you."

The girl shook her head in disbelief. "You're weird. I see your parents all the time. Everybody knows about everyone else in this building. What's the big deal? Stop acting like a hot shot. My name's María."

Maritza disliked the girl. "Hello . . . María."

"Hi. What's your name?"

"Maritza Cuenca."

"How ya doin', Maritza? I got an aunt in Cuba named Maritza."

"Cuba? How long have you been living in the United States?" asked Maritza.

"I was born here. I'm American."

"Now I know why your Spanish is so poor."

María shook her head. "Man, I love Christmas Eve, don't you?"

Maritza nodded and smiled.

"You ever live in a teepee?"

"A what?" asked Maritza.

"A teepee. You know, a teepee. My mother says that people from Ecuador are all Indians. It must be fun to live in one. Is it?"

Maritza scratched her head. "I don't know what you're talking about. I do have Indian blood in me. It is very fine blood from a very ancient people."

María sat down on the stoop next to Maritza. "It must be scary living in a jungle, huh? Tell me about it, Maritza. I mean, how do snakes taste? What about crocodiles? I love crocodiles. Did you come by boat? Anyone ever shoot arrows at you? Can you teach me to make a fire?"

Maritza's face reddened. "You're crazy. I lived by the mountains."

"Liar. You're a liar. My mother told me that Indians like you come from the jungle."

"Then your mother is a liar." Maritza turned her back to the girl and ran up the stairs to her apartment. She felt shame at having insulted the girl's mother. Maritza wanted to speak to her own mother about what had happened, but was too embarrassed.

When Maritza's father returned from work all three had Christmas Eve dinner in a large hamburger palace. Maritza had never seen a McDonald's and she found the smell of grease and the noisy shouts of hungry children exciting.

After the Cuencas ate their meal they walked over to a parking lot where a fat man with a big smile was selling Christmas trees. Señor Cuenca bought a very small tree.

"We are having some friends stop by tonight, Maritza," said her mother. "They will help us decorate the tree and welcome you to your new homeland."

Some Ecuadorian friends and their small children joined them that evening. They brought Maritza Christmas gifts: red waterproof boots, thick wool pants and a few packaged toys made of plastic. Maritza's parents presented her with the biggest doll she had ever seen.

They were nice people, but Maritza was disappointed that their children were so much younger than her. It was fun decorating the tree. They all sang the beautiful Christmas ballads of Ecuador. It was a relaxed, quiet evening. "An American Christmas," her father said proudly. At midnight they all went to Mass. When they returned they watched some television, said a Christmas prayer and went to bed.

"An American Christmas," repeated Maritza as she pulled the covers up to her chin. All night long she laughed and smiled so her parents would not know the sorrow in her heart. She whispered, "Abuelita, Abuelita, the dancing has died." She cried quietly until she fell asleep on a wet pillow.

Christmas morning Maritza woke early. She laid in bed feeling sorry for herself. She imagined the fun, happy scenes taking place in Ecuador at that very moment and she felt miserable.

Maritza finally got out of bed and put her bathrobe on. It

was then that she noticed the strange brightness of her room. It was a pure, brilliant light that clung to every inch of the tiny room. It was puzzling to Maritza as to where this angelic light was coming from. She had never seen anything like it, not even in the movies.

Annoyed and intrigued at not being able to solve the radiant mystery, Maritza walked to the window, pushed back the curtains, snapped up the shades and saw the most glorious sight in her life.

Snow! Real snow! It was snowing! Millions of tiny white flakes were dancing gracefully towards the ground and blanketing the entire earth with clean, magical fluff.

Maritza was so excited that she stuck both arms through the window guard rail and caught the dreamy floating gift in her hands. It disappeared in her hands and the very pores of her skin seemed to suck in the sprinkling magic from the sky. Maritza wedged her head between the guard rails and stuck out her tongue. The creamy white flakes tickled and made her laugh.

She jumped into her new wool pants, pulled on her bright red boots and raced down the six flights of stairs like an Olympic runner. Once outside she jumped into the silky wet piles of snow. Baby Jesus did not forget Maritza Cuenca after all, even though her parents did not have much money. He gave her the greatest gift in the entire world, a gift that Grandmother, Cecilia and her other friends in Alausi would never receive. At that moment she felt sorry for them. Snow! Real snow!

Christmas day Maritza remained outdoors until meal time. She swallowed her food without chewing (although her parents warned her of the danger of eating in such a rush) and ran back outside to play in the soft snow. Her pleasure increased when many other children joined in the fun; so by the time a damp Maritza climbed into bed on Christmas night, she could count seven new friends and one old one, María.

Franklyn P. Varela

Tun-ta-ca-tun

The sun cracked the morning sky with a burning hammer of color. Starlight gave way to daylight. Another day had begun. A mewing sea gull glided over white sand and blue water.

Yuquiyu followed the sea gull's flight until it disappeared from sight.

Who was Yuquiyu? Why, he was the Maker, the Indian God who had created the world.

Mother Earth was so young then that nothing had a proper name. A rose was just a bloom among countless other flowers. Jaguar's growl had yet to gain its terror and was lost in a world of nameless wonders. Time, the thief, posed no threat to the splendor of creation in what was then an age of giants and magic. Still Yuquiyu felt troubled.

"What could it be," he wondered. Then he realized that he didn't have a home. That was the root of all his sorrow. So he called upon his children, Boinael the Sun and Maroya the Moon, to help him find a home.

Now mankind was still a handful of dust, so no one witnessed the journey of the Moon and Sun, though here and there reminders may be found of their march across the sky. Today there are deserts in the world. Boinael must be faulted here, when the heat from his burning hammer of color scorched the surface of our planet. Maroya tried to be more careful, but the Moon's love for water caused tidal waves to smash into the Earth, thereby creating mountains. The planet underwent great changes, but neither Boinael nor Maroya could find the home their father wanted. Yuquiyu thanked his children and left to walk along the banks of a great river.

*

Tun-ta-ca-tun

*

"Coo-coo-cri, coo-coo-cri, tun-man-do," cried voices along the river.

Yuquiyu was tired, sleepy. He needed to rest. Pausing a moment to listen to the echoing voices, he became aware of a cricket, scratching a greeting of "Kri-kri-kri."

"Listen," said the cricket, "I've heard that you're looking for a home, and I can help. I know where to find a magic tree. If you plant one of its seeds, out will come an island and a home for you."

"Where," asked Yuqyiyu, "may I find the magic tree?"

The cricket whispered the location of a secret land, the island of bamboo and nightingales.

Listening to the conversation was a large sharp-eared crow. Crow belonged to Juracan, Yuquiyu's brother, Lord of Hurricanes, god of Destruction. Juracan lived in a bat-infested cave on an island surrounded by an angry sea. There he sat all day, eating wooly worms, his eyes staring into darkness, thinking of ways to hurt Yuquiyu.

Crow flew straight to Juracan.

"Are you sure?" Juracan asked, "Are you sure about the magic tree?"

A harsh, echoing caw answered his question.

*

Tun-ta-ca-tun

*

Juracan found the island of bamboo and nightingales, as he flew over it riding a wild bucking sirocco. You'd think he'd be happy, reaching the island before his brother. But he wasn't. Bad feelings existed between the brothers ever since Atabex, mother of the Gods, chose Yuquiyu to finish the task of creating the universe. Juracan never overcame his sense of disappointment.

Juracan found the magic tree in a small valley. An owl ruffled its feathers and screeched its displeasure at the unwanted visitor. A bird rose from the green carpet of tree tops and let out a cry of warning. A nasty surprise was in store for Yuquiyu. Juracan held in his fist six blood red stones. These he dropped one by one around the tree. As each one hit the earth, there came a loud crashing sound, a yellow puff of smoke, and upon clearing, a large centipede standing as still as a tombstone.

"Now let my brother near it," he said. "Just let him try."

*

Tun-ta-ca-tun

*

The next day a dolphin and rider together rode through the waves. Yuquiyu was the rider; the dolphin was his sea horse. They had made the long trip to the island of bamboo and nightingales. Now a small bay lay before them. Yuquiyu got off the dolphin and swam to shore.

Once on land, he sensed something was wrong. When he came within sight of the magic tree, the hoot of an owl stopped him in midstride. Too late. Yuquiyu had walked into Juracan's trap.

There was nowhere to run. The centipedes had him surrounded. Carefully, Yuquiyu looked about for a weapon, but only bits of bamboo lay on the ground. Then ever so slowly, and without giving the matter a second thought, he picked up a piece of bamboo, cupped in his hand, and blew in the breath of life. Suddenly, he felt a flutter of wings, or something struggling for freedom. Yuquiyu opened his hand and found a nightingale.

"A song," he cried. The nightingale flew to a nearby tree and began to sing. The centipedes were momentarily distracted. Here was Yuquiyu's chance, so he ran to the magic tree and plucked off a quenepa.

A crow troubled by what he saw cawwed once and took to the air.

"So he's beaten me," screamed Juracan, when crow told him the news.

Now Juracan was the God of Hurricanes, so every creature great and small feared for its life whenever he was in a nasty mood. With crow's bad news, he was angry. So what did he do? He gathered from the floor of his cave a handful of pebbles and crushed them into a fine powder. He walked over to the mouth of his cave and blew the dust into the warm night air where it changed into a hurricane.

*

Tun-ta-ca-tun

*

A sea gull paused a moment in its fishing, sensing trouble but paying it no mind. Only the spider scurried away from its web for the safety of higher ground.

Rain began to fall, slowly at first, then faster. Thunder whispered a warning of "Lookout, lookout." But no one paid any attention.

The winds came, driven so hard, so strong that the centipedes were carried far away. Even Yuquiyu struggled against the winds. To save himself and the nightingale, he jumped on a wild blast of air, but, like an unbroken stallion, the wind twisted and turned, trying to throw the unwanted rider. Yuquiyu held on and broke the wind's cruel spirit. He rescued his friend and off they went to plant the magic seed.

They flew so high that Mother Earth was reduced to a dew drop. Yet from that height, Yuquiyu could see a long chain of islands. The islands pleased him so much that he decided to plant the magic seed. He let it go and watched as it disappeared.

The quenepa sank miles deep in the ocean before coming to rest on a bed of seashells. Then to the wonder of the curious fish, roots began to sprout, and not just any old sort of roots, but crystal fingers of stone. A rocky bud pushed itself out from the green husk by slow twists and turns. A basalt stem carried the bud to the surface where its marble petals unfurled one by one into a flower. The flower became an island, filling

the void the turtles once shared with the dolphins.
*

Tun-ta-ca-tun
*

The island was beautiful, but it was barren of the tun-tun-tun of animals. The nightingale, feeling the silence, burst out in song—"Le-lo-li, le-lo-li." Its music—echoing here, floating there, catching on trees—hid a secret. One C-sharp note, dancing among the airy currents, snagged itself upon a bamboo stalk. The musical egg cracked and out popped an iguana.

Island of peace, island of plenty.

Yuquiyu, inspired by the music, conjured up the magic of a rainbow. At last his soul was at peace. At last he had a place to call his own.

Boriken,
Borinquen,
Puerto Rico
*

Tun-ta-ca-tun

Sylvia C. Peña

The Strombus

One warm, summer night, a snail who lived at the bottom of the ocean floor shook with fear feeling the strong pull of a current. This was very unusual. He was used to his peaceful world where he slowly explored the ocean floor without realizing whether it was day or night.

He wasn't a lazy snail. Rather, his movements were slowed by the shell which wasn't easy to carry along day after day. You see, this snail belonged to the family of the strombus shells and his shell was like his mansion. It was not ugly and it was rather large. Not huge, but not small either like the Nerites that are found closer to shore.

The outer part of the shell's opening was various shades of light pink and white. The smooth opening, which was like a wing, shone brightly as it reflected the sun's rays.

The strombus was very proud of his shell. He had been very careful of the rocks on the ocean floor. He didn't take risks like making somersaults or playing hide and seek, for his shell was not only his house, but his shield as well.

There are many other shells, crabs and fish that are enemies of the strombus. The argonaut, for example, is such an ugly snail that he gets green with envy every time the strombus glides by.

Crabs, on the other hand, love to fight and with their claws are capable of biting off the snail's head or eyes found at the tip of each antenna. Crabs, you see, delight in leaving behind an ocean full of blind strombus snails. That's why they are always chasing them like marine scissors.

The strombus snails used to say that the crabs were embittered because fishermen were always trying to catch them. People like to eat them so much that crabs are easily enraged at finding themselves the catch of the day for humans hungering for seafood.

Strombus snails are edible too, but it is much harder to remove them from their shells, so most fishermen simply throw them back into the water whenever they catch any in their nets.

But this time it wasn't an argonaut nor a crab nor even a pesky fish that was frightening him. He felt confused by his fear of a current stronger than he had ever felt before. Such was his anxiety that he found himself recoiling into the deepest chambers of his shell. All that could be seen was his operculum, an impenetrable door to keep out the outside world.

He soon became aware of impending danger. He withstood blows against his shell as he felt himself rolling about the ocean floor. Although his shell was thick and not easy to penetrate, he was quite aware that it was not unbreakable.

He had vivid memories of other snails suffering a horrible death after finding themselves deprived of their shells. And so his fear increased as the blows hitting against his shell became stronger.

The sea had been his only home where he pleasured himself in its warm and turquoise waters. Other sea creatures had been his companions as each foraged for food and later searched for a safe spot for their daily rest.

But now it seemed that the ocean was in a terrible tumult. The currents felt stronger as he was knocked about in who knows what direction. At times he had the sensation that there was another marine creature nearby, but he dared not crawl out of his shell to investigate and expose himself to unknown danger. With each blow to his shell, he dug himself deeper inside his chamber unable to control the mounting fear that possessed him.

At the same time, he was beginning to feel exhausted by the tension that permeated his body. Worst of all, the water that was once his lifeblood and caressed his body, now felt heavy and grainy. It was beginning to bother him, for the tiny grains of sand felt like glass irritating his skin and the most sensitive parts of his body, like the eyes.

The irritation soon became sheer pain and the snail, for the first time, felt not just fear but anguish and terror. He could no longer stand his shell nor the anxiety of not knowing what was happening to him. He had to do something, but what? If he didn't crawl out of his hiding place, his shell, he would not be able to withstand the pain caused by the sand. And if he did come out, he was afraid of not withstanding the strong currents and other dangers lurking in the ocean.

His indecision soon gave way to terror. And worse yet, he felt himself pushed by a force never before known to him. He found himself drowning in foam and sand that now invaded the deepest chambers of his shell. He could not bear the sand scratching his body as he rubbed against the walls of his own shell. He was being tortured, and there was no way of ridding his chamber of the foam and the sand. Neither was he able to anchor himself in some way to stop rolling around the sea. Worst yet, his eyes were so irritated by the sand that he was almost unable to see inside his chamber.

All of a sudden, another strong current almost left him unconscious as he cringed by the unexpectedly hot water. By now he was paralyzed with terror. He could not bear water so warm. And he began to gasp for oxygen as he lost all power to fight back.

Just then he was aware of the absence of water around him. He could not even feel the waves. Now he had to do something and he slowly began to crawl out of the shell. He could do no less. Without water he could not survive so he acted automatically.

As he peeked out of the shell, he felt a warm breeze and the even warmer rays of the sun. These sensations were unknown to him coming from the bottom of the ocean. The sandy beach was also hot and it burned his foot and head which he used to investigate his surroundings. Momentarily, the strombus snail became increasingly uncomfortable, not only because he lacked oxygen provided by the water, but also because the hot sun worsened the pain caused by the sand cutting through his skin.

By now he could barely move. The shell was now a burden to him. The weight bore down on him, and in his weakened condition the strombus could not glide as effortlessly as before. The edge of the water was not too far away but he lacked the strength to drag himself even that far.

Fear was now in control so he was not even aware of the physical pain which wracked his body. What would happen to him? How could he save himself? Was this the end?

Completely exhausted, the snail now protested the weight of his precious shell which by now had become his prison. Unable to breathe, and with barely any strength left, it was useless to try to make it back into the ocean. It almost seemed that the sea gulls and the crabs could recognize his impending doom. The gulls brought him some relief as they flew overhead and cast their shadows over his frail body. With their outstretched wings, the seagulls were like a flying umbrella that protected him from the hot sun.

The crabs on the other hand were already picking at him with their sharp claws. They were the first ones to claim an empty shell once the snail was dead.

Just then, the strombus felt the cool shadow of yet another nearby object. But fear shook his body as he began to rise above the ground. Not knowing what to do, he used what little strength he still had left and he crawled back into his shell. But he couldn't stand being inside anymore. The lack of oxygen and the intense pain created by the sand rubbing against his body was now unbearable, and so he slowly creeped out again.

A little girl playing on the beach had found the strombus and was admiring it with amazement. She already had a small collection of seashells but this was a real find, for strombus shells were not frequently found on the beach. As she placed the shell back down on the sand, her eyes opened wide in amazement as she saw the snail slowly peek out of the shell. Her father, who was with her, quickly realized that the snail would not survive long; he was immediately sorry at letting his daughter know this when he saw her sadness. Her eyes were brimming with tears and she had to suppress the sobs that were building up in her chest.

She knew very well that her father could help her prepare the shell for her collection. They had often discussed the process. One way was to tie a cord around the snail and hang it up so that in time it would become dislodged and free itself from the shell. But she was horrified of having to hang the snail in order to add it to her collection. Just thinking about it made her feel short of breath, and she could even feel the cord around her own neck.

Another way of preparing a shell was to put it in a container of alcohol. The lack of oxygen would kill the snail so that it could be removed from the shell. By washing the shell carefully, the foul odor would disappear. That way the shell could be placed anywhere so people could admire it. But even this process was unbearable to the little girl.

As she picked up the shell again, she was even more amazed at seeing that the snail had become separated from the shell. It was as though the snail itself had felt the little girl's pain and dilemma and had abandoned his shell of his own accord. Even the girl's father was amazed by what he saw.

There on the beach the snail took his last breath and left his shell to the little girl. And it was right there by the edge of the water, where the waves bathe the warm sand, that the little girl and her father dug a small hole where they buried the snail. And there it lies where not even the crabs can bother his eternal sleep.

The shell is now sitting on a window ledge in the little

girl's bedroom. Every morning as soon as she wakes, she caresses her shell and puts it next to her ear where she hears the sound of the ocean bringing back the memory of the hurricane that brought the strombus to the beach where she and her father had found it.

So too, at night the shell conjures up the vision of the ocean and the sound of the waves which lull her into a restful sleep. The gift of the strombus is always with her, and so it is that her dreams are always pleasant and peaceful.

Alberto and Patricia De La Fuente

Sunkissed: An Indian Legend

A long time ago, deep down in the very heart of the old Mexican forests, so far away from the sea that not even the largest birds ever had time to fly that far, there was a small, beautiful valley. A long chain of snow-covered mountains stood between the valley and the sea. On the eastern slopes of the valley, smiling meadows would hold hands in a semicircle to greet the Sun early in the morning and show him colored skirts of wild flowers and green turf. Each day the mountains were the first ones to tell everybody that Tonatiuh, the King of Light, was coming to the valley. The meadows would see the shining white tops of the mountains and spread out their flowery skirts for the Sun.

"Good morning, Tonatiuh!" cried a little meadow.

"Hurry up and bring us warmth and light!" sang all the wild roses along the river bank together as an opening line.

Tonatiuh always smiled when he came into the valley. Kissing the wild flowers in the meadows was his favorite task. But first he kissed all the bird-folk sitting in the upper branches of the tall trees where they sat waiting for their golden friend and singing: "How nice and warm we feel now!"

Then Tonatiuh would climb down slowly and carefully kiss the baby birds who could not sit in the upper branches because they were too little. As you know, the higher you go, the dizzier you get, and you don't want to get dizzy in the middle of the night and fall off your branch and sleep all night long shivering with your feet in a puddle.

After Tonatiuh had shown his shining yellow nose to the mountains, and greeted the tall trees who lived beside the green river, and kissed every single sleepy little bird, he would stretch and yawn for a second or two in order to be wide awake for what was coming. Everybody who was then away celebrated with laughter the yawning expression of the

Sun. Tonatiuh, who loved to see everyone happy, joined in the merriment.

By this time, Tonatiuh had already visited the mountainsides, warmed up the snow and sent cool streams of water into the river, so that all the fish-folk, large and small, could wash their faces.

"Here comes the fresh water right on time!" yelled the nightwatch-bass whose eyelids were almost closed with sleep because he had spent the night seeing that no one got lost in the dark hours, especially the baby fish-folk who often wander in their sleep, carried by the current away from their river home.

"It's time to wash your faces and comb your fins!" hollered the nightwatch-bass, because that is the last thing he says every morning before he falls asleep after his long night shift.

All the birds came down from the tall trees to wash their faces, and their eyes and their silky feathers on the river bank. They also liked to drink a few drops of clean fresh water before breakfast.

On his way down the mountain-side, Tonatiuh greeted the long-haired goats and pulled their goatees—that's what goatees are for anyway—and patted their furry heads between their long floppy ears, and warmed up their sharp twisted horns that get *so* cold during the night. In response, all the goats would yell at each other, "Jump! Jump! Jump and Jump!" because that's all they do besides eat a lot of grass.

Further down the snowy slopes, Tonatiuh looked for the baby sheep. No sooner had he warmed their curly coats than all the baby sheep started bleating and skipping around among the stones and the tall grass to show their old friend Tonatiuh, who made the sweet grass grow and the snow melt into the river, how glad they were to see him again.

"Hurrah for another day!" one of them cried happily.

"Eat your breakfast grass," the mother sheep said.

After that, it was time for the trees to drink. The goats

would also drink, and the baby goats as well, and even the tiniest baby sheep would dip a velvety muzzle into the peaceful river pool.

By now, things were beginning to warm up and Tonatiuh decided it was time to tread gently because many of the wild flowers were still sound asleep with their tiny heads buried under a pillow of leaves, and he did not want to wake them up suddenly since it might spoil their day. So Tonatiuh began to walk very softly among the flowers and, mind you, this was the most important part of his day, as you will see.

The wild flowers always started their fresh new day with a kiss of golden sunlight from Tonatiuh, but it was necessary first to wash their sleepy baby faces with the dew that Metztli, the Moon, sprinkled for them out of her bucket onto the nearby leaves during the night.

Metztli never forgot to do this because it was so very important for the flowers, as you will soon see. Besides, Tonatiuh always enjoyed seeing himself reflected in every little dew drop and Metztli knew this. All night long she would walk her night-field saying, ". . . and a few drops here . . . and a few there. I mustn't overlook anybody!" All night long, then, Metztli Moon would walk her night-field making sure that by sun-up all flowers had the magic dew that made them feel beautiful all day long.

However, much as flowers love to be beautiful as long as possible, they want to be happy too. So every morning Tonatiuh himself would give each one a single golden kiss of such power that it was possible to be happy all day long after it. As you can see, then, a flower needs to feel beautiful in the first place, but if she does not feel beautiful, she will not be ready for her morning sun-kiss. If she cannot wash her little face with the magic dew, the whole day is lost.

Now that you understand what makes flowers both beautiful and happy, you will want to hear the true story of a beautiful little flower called Margarita. One summer day, Margarita woke up, as usual, soon after Mother Metztli had finished sprinkling dew out of her almost empty bucket. She stretched, she yawned, and she looked right and left for her magic dew drop. It was nowhere in sight! During the night, it had slipped off the leaf and the Earth had drunk it all up.

Margarita was terribly upset—and I mean it.

"If I don't wash my little brown face," she thought, "I can't show myself to Father Tonatiuh and he won't kiss me. And if he doesn't kiss me, I can't be happy because, as everybody knows, we all need a kiss from Tonatiuh to be happy.

Tonatiuh himself was now looking all over for Margarita because he loved her delicate brown face that drank in his yellow light every morning. But she was nowhere to be seen.

By now Margarita was really worried. She tried to borrow some dew drops from nearby sister flowers, but all she could get were friendly words.

"I used up all my dew," one of them said.

"There wasn't much for us either," said the wild honeysuckle, all wrapped up around a young willow tree.

Even the forget-me-nots, who never forget anyone, had to admit they could not help her.

"We are sorry, brown Margarita," they said, "we've got none left at all, but we'll send out a call for help."

In the meantime, good old Tonatiuh had to keep on climbing because, as everybody knows, he had so much time each day to visit the Earth and no more. To cross over the tall, tall mountains that border the beautiful valley and to reach the wide, blue sea that sings to the Sun with foam and waves, Tonatiuh had to keep moving at a steady pace.

In his path through the sky, Tonatiuh would stoop frequently to kiss all flowers big and small to make them happy—all but Margarita, who had not yet washed her brown face. Every now and then, Tonatiuh would turn around to see if Margarita was in sight, but he could not look back all the time because he had to look where he was going.

Poor old Tonatiuh missed Margarita a good deal and could not imagine what was the matter with her.

By now, as you can guess, Margarita was very distressed indeed. Nevertheless, she made up her mind not to give up her hopes.

"What shall I do now," she wondered, and closed her little eyes for a second or two.

"Maybe I can follow Tonatiuh, pick up some dew on the way, wash my face and meet him on the other side of the mountains before he takes his evening dip in the sea. Yes, that's my only chance!"

Once she had made up her mind, she did not hesitate. But first, she said goodbye to all her flower-sisters. Some of them wanted to know why Margarita was leaving the beautiful valley.

"If you hang around," said the wild sweet-peas, "we'll let you into our wild games."

Margarita only sighed and said: "I can't be happy without the sun-kiss and all I need is to feel happy."

No one knew quite what to say to that, for they all knew too well how right she was. One forget-me-not managed to say, "Forget-us-not, Margarita, we shall wait for you here."

The River-King, who passed most of his days playing with bubbles and talking to the fish-folk, heard about Margarita that same morning because the bluebonnets who talk all day long about everybody, had passed the word to a young trout.

"Did you hear what happened today?" one of them asked the young trout.

"Margarita is leaving us," put in another quickly.

"Yes, she did not get her sun-kiss this morning," added a third.

Now this young trout who heard the news about Margarita from the blue-bonnets was a poet-trout who traveled up and down the river making other fish happy with her poetry and stories. Her name was Lala, and next to Tonatiuh, she was the most popular creature in all that beautiful valley. All the flowers, the bird-folk, the trees, the goats, the sheep and her own trout-folk loved her very much.

Lala always went around singing the lines she put together and it was marvelous to hear how well she sang under the water because, as everybody knows, water improves any sound, and especially a singing voice.

The wonder was that Lala always refused to sing her poems on a public stage because she believed in singing only when she was in the mood for singing. She preferred to swim between two rocks and drop a line like:

Fever, sun-fever, sun-kiss

and all the trout-folk would listen and repeat to themselves:

Fever, sun-fever, sun-kiss??

But Lala would just swim on, flutter her long eyelashes, and add another line like:

Kisshappy, kisshappy, sun-kissed.

And then again, all the trout-folk would echo this line as they had the first one:

Kisshappy, kisshappy, sun-kissed??

and wait for Lala again, who then sang:

Margarita, Lolita, Beatrice!

Then, in a fit of joy, Lala would jump out of the river into the morning air and back into the water followed by all the river trout-folk. In and out of the water they would go, singing the new song and dancing madly until the River-King himself, feeling that there must be a party going on, decided to ask about it. So he sent his News Minister, a dark river-bottom catfish, to find out what was happening among the trout-folk.

The News Minister returned at once, waggling his long whiskers in dismay.

"There is an emergency on dry land, Your Majesty," he stuttered. "Margarita is leaving us to go after Tonatiuh, and the river-folk are all excited."

The River-King immediately called his Secretary. An efficient-looking speckled salmon with large-framed, thick spectacles appeared from behind a rock and whispered:
"What can I do for you, Your Majesty?"
"I have an urgent message for Margarita," said the River-King. "She may come to the Eastern Shore and take advantage of the surplus dew drops stored on the Royal Ferns of my Banks. After that, she may enjoy a ride down to the sea, or the place of her choice, in one of the Royal River Leaf-Boats."
"Anything else, Your Majesty?" asked the Secretary-salmon, releasing a large air bubble because he had been out of the water singing with the crowd in celebration of Lala's poetry.
"Yes," replied the River-King. "Notify her without delay through the Royal Bluebonnets."
"Aye, Aye, Sir," said the Secretary-salmon, who was also Flotation Officer in command of the North River Fleet.
No sooner said than done, the R.R.C.C. (Royal River Communication Corps.) relayed this message via dragonfly to the bluebonnets who, always ready to pass the word, gave Margarita the River-King's message with split-second efficiency.
As soon as Margarita received the message, she sighed, gave her friends a wan smile and blew them a good-bye kiss. Then, tossing a long silky curl from her eyes, she removed her small brown feet from the wet earth and dashed down to the river with the help of the bluebonnets, the forget-me-nots and the wild poppies, who were really wild about Margarita's trip for some reason of their own.
"Clear the way for Margarita," was the message the bluebonnets relayed.
"See, Margarita, you're not forgotten," the forget-me-nots insisted time and time again.
"What a wild adventure this is," the wild poppies added, tossing their floppy heads to and fro wildly.

As soon as Margarita arrived at the River-King's banks where the Royal Ferns grew, under their delicate leaves she found enough magical dew to make her pretty for at least two weeks. However, since she already was a pretty thing, all she took was a single large drop of dew. Then, as if by magic, she suddenly got that comfortable feeling of being very beautiful again.

"Please stay here with us, Margarita," whispered the ferns softly. "We'd like to keep your pretty face among us."

"I would be happy to stay, friends," Margarita replied, "if only you would let a little sunlight into your home to brighten it up."

"Our home must always be cool and dark," the ferns whispered once more, "because we are the keepers of the River-King's dew."

"I cannot live without Tonatiuh," explained Margarita, blowing them a good-bye kiss.

Just at that moment the Royal Leaf-Boat arrived and tied up against the shore.

"There's the Royal Leaf-Boat that will take you across the mountains to meet your friend," whispered the ferns all at once.

With two dainty jumps, Margarita hopped into her leaf-boat and off she went. She sat herself in a rounded nook in the middle of the leaf and waved at everybody. All the fish-folk watched as Margarita sailed down the river to the big sea and wished her luck.

She traveled the winding river-road which crossed the beautiful valley under the tall tree-folk. Every now and then, Margarita would ask the trees how far ahead Tonatiuh was now.

"Not too far now, Margarita," the tall trees would sigh. "You're getting closer all the time."

Margarita sighed, too, and said: "I wish I were there!"

"You'll get there," the tall trees answered, rustling their leaves in sympathy.

By now, on the other side of the mountains, Tonatiuh had reached the sea and was very busy talking to the sea-folk, especially to the big blue whales who stuck their noses out of the water to be kissed. But every now and then, Tonatiuh would cast a quick look over his shoulder. He still missed not seeing Margarita's small brown face.

Meanwhile, the trout-folk decided that something more had to be done because the River-King himself can move only so fast and no faster. They held a meeting under the Royal Leaf-Boat and their conclusion was that someone ought to request the help of Eecatl, the father of the Four Winds.

"If Eecatl would only tell one of his sons to puff and puff and puff very strongly on Margarita's boat," said the baby trout, "she might be able to reach the other side of the mountains in time."

"Father Eecatl is my friend and will listen to me," said Lala. "I shall ask him to help Margarita."

While the trout-folk cheered her on, Lala made a short leap out of the water to say, "Great Father Eecatl, please send us your son, Acatl, the East Wind." Lala asked for the East Wind, you see, because Margarita was traveling West, like Tonatiuh, and the East Wind can blow only towards the West. That is his job.

In no time at all, Acatl arrived. In fact, Lala was still up in the air when Acatl showed up and said:

"Ask me anything, any time, Lala."

Lala did not jump a second time, because no matter how high she jumped out of the water, a little trout cannot hold a conversation in mid-air. Instead, Lala barely stuck her head out of the water to say:

"Hello, Acatl, good friend. Margarita needs your help to catch up with Tonatiuh. She did not get her sun-kiss this morning."

"Where is she now?" asked Acatl.

"She is on the Royal Leaf-Boat traveling West, but she needs a good push to go faster and faster," Lala explained.

"I'll take care of that," said the good East Wind, and whipped off in a gust down the river after Margarita.

When he caught up with her, Acatal put the Royal Leaf-Boat on an air cushion and then he told Margarita to hang on to her seat very tightly. He then gave the Leaf Boat a pair of twin jets which made it go so fast that Margarita's lovely hair flowed out behind her. She was delighted because the day was warm and now, with the wind and the speed, she felt deliciously cool.

In fact, Margarita enjoyed her ride so much that she did not even care about the sharp curves and the sudden river corners because she knew that the Leaf-Boat had air controls, and everybody knows that air controls work better than water controls.

Shortly after they crossed the mountains through a beautiful tunnel covered with shiny, sparkling stones, Acatl slowed down his twin jets to a gentle idle and set the Royal Leaf-Boat on a new course to a soft, sandy beach beside a large river pool full of yellow water-lilies.

"Greetings Margarita and Acatl," exclaimed the water-lilies, nodding their bright faces toward the travelers.

Everybody on the west side of the mountain, including the very attractive water lilies, knew about Margarita's adventure, so they all helped her and Acatl to place the Royal Leaf-Boat on the shore. Once there, Acatl removed the air cushion and Margarita stepped down onto the wet sand.

"How can I reach Tonatiuh?" Margarita asked the water lilies.

"He is still there, over in that meadow of buttercups. But hurry now or you'll miss him again," the water-lilies answered her.

Margarita thanked them, blew a single kiss to Acatl and ran

away towards the small meadow all covered with friendly sister flowers.

When she reached the middle of the meadow, her sisters made room so that Margarita could sink her small brown feet into the soft, cool earth. As soon as she was settled in, she raised her little brown face up to Tonatiuh and, at last! there he was, smiling down at her. Full of anticipation, Margarita tossed the same brown curl away from her own face so that he could also see her smile.

Everybody was happy then, including Lala, who jumped in and out of the water a hundred times to get a better view of everything.

As Margarita waited for her kiss, her little brown face raised towards Tonatiuh, she closed her eyes tightly because, no one, not even little flowers who love the sun very much, can look Tonatiuh in the eye.

As soon as he saw Margarita's brown face down there in the middle of a meadow full of yellow buttercups, Tonatiuh spoke in his deep, deep voice.

"I'm so happy to see you at last, Margarita," he said, "because I have been saving this special kiss for you all day long."

"When I kiss your lovely face this morning," Tonatiuh went on in his deep, gentle voice, "I will give you something else that you may keep forever. I will bestow upon you a ring of pure gold, my very own color, so that the brown earth-color of your little face will be framed with a part of me for as long as you live."

And, as Tonatiuh said this, he gently kissed Margarita's face until all her brown petals turned to gold.

From that day on, right down to our own time, all Margaritas wear a golden halo around their little brown faces.

Pat Mora and Charles Ramírez Berg

The Legend of the Poinsettia

Long ago, in the little Mexican town of San Bernardo, there lived a boy named Carlos.

One cool night Carlos opened the heavy wooden door of his small home and peeked out. It was quiet. Chimney smoke danced from the roof of each adobe home. Carlos knew why families were eating early. Tonight was the first night of the *posadas*.

"Chico, come and look at the stars," Carlos said to his playful brown dog. "See how they glimmer. Even the heavens know the celebration begins tonight."

Carlos shut the door and looked at his aunt, Nina, who was roasting green chiles. Her hair was white and she moved slowly. She was Carlos' whole family and she was enough. They sang, they danced, they played, they talked. Their home was small and bare, but full of warm love that made the air sweet.

Carlos carefully put Chico's food next to the fireplace. Chico licked Carlos' face and put his paws on Carlos' shoulders. "No, Chico, no time to wrestle tonight."

Chico tried to push Carlos over. Carlos laughed, took Chico's head in his hands and put his face close to Chico's.

"Oh, little dog," said Carlos. "You know how I have waited for this night. All year Nina has been telling me about the nine nights before Christmas. This is my first year to join the *posadas*. I can't be late. Come. Eat."

Carlos combed his hair and went and stood before Nina. She looked at him and smiled her Nina smile.

"Carlos, when you are out under the stars, sing with your heart. When you return, I will make you hot chocolate, and you can tell me all you saw. You are my eyes tonight, Carlos. See everything. Here is your candle."

Outside Carlos took a deep breath and straightened his shoulders. He looked in the window of his home and saw Chico and Nina warming themselves by the fire. He felt happy knowing he would return to share his adventure with his two friends.

Carlos joined a group of people gathered before a home that seemed to glow. There were candles in all the windows. Soon four men arrived carrying a large wooden tray on their shoulders. Carlos stood on tiptoes to see the statues of Joseph and of Mary riding the donkey.

A tall man spoke. "Time to start," he said. "Tonight we begin our journey. We are travelers seeking room in the inn, the *posada,* just as Mary and Josph did. Each night for nine nights we will meet and carry the statues to the next house on our trip. We will knock and ask for shelter for the night. This special time is a time of preparing our hearts for Christmas, of deciding what gift each of us can offer the Infant Jesus."

Carlos looked at the people around him. Most wore better clothes and newer shoes, but tonight they all held hands.

The tall man knocked on the door and the group sang:

Who will give them shelter?
Who will help these two?

The family inside the house answered:

> *What if they are thieves?*
> *What are we to do?*

It is Mary and Joseph.
They need a place to rest.

> *Open all the doors*
> *For our very special guests!*

Slowly the door of the house opened. Carlos' eyes grew wide as he saw the mounds of food and the sparkling decorations. Nina had been right. The birth of Jesus was the best reason for a party.

The group knelt and prayed. Carlos squeezed his eyes shut and thought. A frown wrinkled his little face. On Christmas Eve he would go with the other children of San Bernardo to the church. Each child would place a special gift at the manger for the Baby Jesus. He had no money, neither did Nina. What gift could he give that would be special?

The prayer was over.

With a cheer the children hurried to the other side of the room to play the games and enjoy the food. The lady of the house said, "Come, Carlos. You play and eat too. Enjoy the *posada*."

"How much I will have to tell Nina and Chico," thought Carlos. "So that my story will not be too long, each night I will tell them about one little part of the *posada*. Tonight I will tell them of the statues, the songs, the prayers."

And so it was.

"Tonight it rained candy," said Carlos when he came home on the second night. Nina smiled. "Ah, a *piñata,*" she said.

"Oh, Nina, it was so beautiful," Carlos said. "A star made of colored paper hanging from the ceiling. Whack! Whack! Whack! went the stick as one by one we tried to break the *piñata*. Finally a strong girl did break it and candy, delicious candy, poured out of it covering the floor. We all scrambled to grab some. Here, Nina," said Carlos, holding out his hand. "I brought us each a piece."

Then Carlos held up a bit of homemade candy for Chico. Chico yelped, then jumped and snapped it from Carlos' hand. There they sat chewing their Christmas candy. They stared into the fire, imagining the *piñata* swinging back and forth, back and forth.

On the third night Carlos returned carrying a small bundle. "Tonight I will tell you of a table like the tables in my dreams. There were mountains of steaming *tamales,* a huge pot of beans, plates of cookies, and a tower of thin, crisp, round *buñuelos* sparkling with sugar."

Carlos unwrapped his bundle and smiled at the look on Nina's face as she saw all the treats that had been sent to her. "Help me eat all this," she said. Carlos held up a bit of sweet *tamal* for Chico and Chico jumped and picked it from his hand and ate it. Even Chico enjoyed the food from the *posada*.

"What do you have there?" asked Nina when Carlos entered his home on the fourth night. His hand was closed in a tight fist.

"You'll see," he said with a wide grin. Carlos sat down and began his story with Chico's head in his lap. "Tonight I will tell you about my favorite game at the *posada*. The lady of the house gave the children special egg shells filled with confetti. We all ran about cracking eggs on heads but trying not to get hit. We laughed and laughed."

Carlos then held up one of the eggs to show Nina, but Chico thought it was another treat and jumped to bite it. The egg exploded and suddenly there was confetti everywhere in the air. All three of them were covered with tiny bits of red, yellow, green and blue paper.

Carlos placed a soft kiss on Nina's head. "You look pretty with paper jewels in your hair," he said.

"And you!" said Nina, pointing at him and laughing.

"And Chico!" they said together and laughed.

The following night Carlos went to bed early after the *posada*. Nina tucked him in his snug bed. She knew something was troubling Carlos. But she said nothing.

After Nina went to sleep, Chico began to lick Carlos' face. Carlos scratched Chico behind the ears and whispered, "My friend, what shall I do? I can bring Nina candy and *buñuelos* and confetti, but what can I take to Baby Jesus on Christmas

Eve? These are magic nights. I want my gift to Jesus to glow like a jewel." Chico put his head on Carlos' shoulder.

On the sixth night Carlos walked home humming the carols he had sung. The stars were so bright that he sat on his favorite round rock to stare at them.

"I wish a star would drop into my hand," he thought. "I would carry it home and surprise Nina and Chico with the beautiful light. I would take it to the church Christmas Eve. I would set it before the manger."

Now that would be a gift to be proud of.

But no star fell. Carlos walked home and tried to sound cheerful when he sang carols to Nina.

"Look what the lady at this house gave me," Carlos said as he entered the house on the seventh night. He held two colored paper lanterns. "They are to make our town glow on Christmas Eve. They will light the way for the Christ child. On Christmas Eve we will light the lanterns. They will be in trees, on roofs, around the church. And this year, Nina, we too will have our own to hang outside our door. Oh, Nina, what a special night this Christmas Eve will be."

On the eighth night after the prayers and refreshments, the children were told that the Indians from the nearby hills would be coming to join the procession to the church.

Again the tall man spoke:

"On Christmas Eve the Indians will be like the shepherds at Bethlehem. After you children place your gifts before the manger, they will dance outside the church. They will chant. That will be their gift.

That night Carlos asked, "Tomorrow will you go with me, Nina? And Chico will guard our home. First we will light our lanterns. Then we will go carrying our candles to the last

75

house of the *posada*. We will take the statues of Mary and Joseph and place them in the manger at the church. Their journey will be over."

Carlos became quiet.

"And then," said Nina, "you and the other children will each place a small gift before the manger."

Carlos said nothing.

"I know," said Nina, "we have not talked of your gift. I know you have been thinking of it. Does it make you so unhappy that we have no shiny coins or beautiful flowers to give?"

Carlos said nothing.

"Jesus was not a rich boy either, Carlos. He loved to run and play in the hills by his town just as you do. Go out tomorrow and collect the small plant that grows wild near the rock you watch the stars from. That will be your gift."

Carlos wanted to obey Nina's words but it would be hard. These nights of the *posadas* had made him so happy. He wanted his gift to show that happiness. He wanted his gift to shine. How could he give a king only a common plant, a simple weed people stepped over and ignored because it was everywhere?

"The Infant Jesus will understand," said Nina. "Love makes small gifts special."

Finally it was Christmas Eve. Carlos lit two candles and placed them in the paper lanterns. He hung them on either side of the door. He left Chico at the doorway. The lanterns swayed in the wind.

Carlos then took Nina's arm to escort her to join the *posada*. In his other hand he carried his gift, his small plant. The air was warmer, sweeter. The whole town of San Bernardo was aglow. The Indians quietly walked with the others to the church.

Carlos stood in line holding his little plant. Some of

the children carried roses, fruit; others carried bread or cheese. Tears of shame slipped down Carlos' face. Such a small gift.

Then something happened. One of Carlos' tears fell on the plant and where it touched the green leaf it made a red dot. A bright, beautiful, spreading red. Carlos looked at Nina. When he looked back at the plant in his hand, another tear fell away from his eye. His tears were making the whole leaf red. He looked up at Nina again; she smiled.

When it was his turn, Carlos carefully placed his plant before the manger. Now the entire top of the plant had turned red. It was the most beautiful gift.

Outside Carlos looked at his town of San Bernardo. He saw the colored lanterns dancing in the trees. Tonight in his little town in Mexico he saw that all the small plants like the one he had given had changed color. They were like bright red stars. They too would light the way for the Christ child.

The Indians began their slow dance beating the rhythm by shaking gourds filled with seeds. As Carlos watched, he squeezed Nina's hand. She had been right again.

Love is magic.

Love does make small gifts special.

Sylvia Contreras

The Unicorn

Once upon a time, in a faraway land, lived a beautiful white unicorn. The unicorn was the only one left in the whole world. All the other unicorns had been destroyed by greedy and ugly people. The Goddess of unicorns decided to put a spell on humans and animals to keep them from seeing and hearing the only unicorn. She knew that the unicorn was the last one left in the world and she was going to protect it. The Goddess knew that the spell could not be broken, but there was a possibility of a very special someone—generous, good, and having a golden heart—that would not be affected by the spell.

Everyday the unicorn would climb to the peak of a mountain called "Alma" and then he would roam through the enchanted forest. He felt lonely, but he knew that he could not make friends with any living thing in the world.

One day, as the unicorn roamed through the enchanted forest, he saw a small figure standing near a stream. As he approached the small figure, he realized that it was a little girl. The little girl was very small and had brown hair. "I wonder if she can see me," said the unicorn. As he got nearer to the little girl he became frightened. He had never felt the way he did standing close to her. He wanted to call her. He wanted to laugh with her. He felt so peaceful and happy that he thought, "Maybe she is the one . . . the one with the golden heart and not affected by the spell of the Goddess of unicorns.

Then, all of a sudden, the little girl turned to face him and they both stood looking at each other for a moment.

"My name is Maricela," she said. "You are such a beautiful unicorn!"

The unicorn could hardly speak. "I-am-a-unicorn," he said.

"I know," Maricela said.

"But you can see me and hear me?"

"Yes, I have dreamed about unicorns and wished that I could see one and now my wishes have come true."

"I have waited a long time for a very special person to be friends with," said the unicorn.

They both talked for a long time and decided to play in the forest. Maricela told him of her deep wish and dream to see a unicorn and how she had been laughed at by her friends because of her desire. Maricela told him that one night she had gone to bed and when she awoke, she was lying on the ground next to the stream. She assured him that she was not scared because the forest was full of animals that were friendly to her; but she wanted to return home to her family. This made the unicorn sad because he did not know how to help her go back home. They were together the whole time after the first day they met. The unicorn brought her to the peak of Mt. Alma and said to her, "I will help you find your way home."

"But how are you going to help me?"

"I will talk to the Goddess of unicorns and ask her for her help."

After several days, the Goddess appeared on Mt. Alma and Maricela explained her dilemma. She told the Goddess of her strong desire to see a unicorn and of how she forgot about her own family. But now that she was away from her family, she wanted to return to it.

"I cannot help you," said the Goddess.

Maricela started to cry and the unicorn felt sad.

"What am I going to do?" asked Maricela.

"You can stay here with me and we can play and be friends forever.

The Goddess was not surprised that this innocent little girl could see and talk to the unicorn. She was so special that even the Goddess felt very peaceful and joyous being around her.

Several years went by and one day the young girl told the unicorn of her dreams and wishes to be with her family again. "I miss them so much," Maricela said. She sat near the stream with big tears rolling down her cheeks. The tears dropped into the stream making the unicorn's image disappear. The unicorn knew that one day soon she would return to her family.

That night, when Maricela lay down to sleep, she felt sad. She did not understand her feelings, but the unicorn could. After she fell asleep the unicorn said, "I love you, Maricela. I will always love you and I will miss you. I know your dreams and wishes will come true. I know mine have."

The unicorn turned and walked away from Maricela. He knew that he would have to wait a long time before another very special person could be his friend. He felt sad, and yet, he was happy because he had a chance to have a very special friend and most human beings do not even have that in a lifetime.

Nicholasa Mohr

Jaime and the Conch Shell

Before Jaime Esteban Rivera was five years old, he moved to New York City. He moved away from his small village way up in the highlands of his small island country in the Caribbean Sea. Jaime had not been happy when he heard that he and his family were leaving home. He was not happy now that he lived in an apartment in a big building in New York City.

When Jaime was about to leave his village, his Uncle Osvaldo gave him a large pink conch shell. Jaime had never seen anything like it. In fact, Jaime had only seen the ocean three times in his whole life. That was when he had traveled to visit his favorite cousin, Luis. Luis is Jaime's age and lives in an apartment in the capitol city of the island. It is a large port city near the ocean. It was there that Jaime first saw so much water all at once.

Uncle Osvaldo had known Jaime was sad, and so he had given him the conch shell and said, "Jaime, whenever you are homesick for your village, just hold this conch shell up to your ear. You will first hear the sound of the ocean. Then shut your eyes, and you will remember and see your village once again. You will see the mountains, trees, and anything else you want to remember. This way you will not be so lonely."

"Is this a magic conch shell?" Jaime had asked.

"It is a special conch shell that works only when you need it. Remember, you must think hard and want to remember, otherwise it won't work."

Jaime really missed his old home. He wanted to run through the many paths that wound around the mountainside. Jaime wanted to be free again. Jumping, running and chasing his friends. Up and down and all around, like he used to.

This New York City was a strange place. Here there were no little houses. Instead, there were lots of big buildings. Everybody lived in apartments. People shut themselves inside and locked their doors. In his village people left their doors wide open most of the time. Everyone went in and out of doors whenever they felt like it.

Many things confused Jaime. People here spoke English. He could not understand what they said. They all spoke so fast. The words sounded like this to him:

GARAHR—AR—TAT—AR—ZEE—GOOOD—AR—HUHM—and so forth.

Also, Jaime had been through a few frights since his arrival. Like the time he had gone with his parents to visit their friends. They had entered a great big building that stretched up into the sky. Inside the lobby, they had waited before two large doors. These doors opened by themselves. Then they had walked into a small room without any exit. The doors had closed, and the room began to move. Jaime had clutched his father in fear. The whole room with them inside was moving. Finally it had stopped, the doors had opened, and they were all someplace else. Jaime's father explained that this room was called an elevator. It had taken them from the ground floor way up to the fourteenth floor. All one had to do was push a button and the room worked all by itself.

Another time Jaime and his family were walking down the street and suddenly his father led them down steep steps into a hole in the sidewalk. They entered a dim place crowded with many people standing about. Then they paid to get through a turnstile onto a platform. Soon a loud rumble sounded that shook the platform. A bright light came rushing at him, followed by many trains attached together. These trains stopped and people got off and on. His father explained that this was called the Subway. Subways are underground trains that travel through tunnels down inside the earth. These trains take people to and from different parts of the city.

Although Jaime was fascinated by all of this, it sure had given him a terrible scare.

Outside in the streets, there were always people rushing

about, lots of traffic and noise. Jaime felt he would never, ever get used to all of these strange things in New York City.

Jaime sat on his bed and stared out the window. He lived on the fourth floor. He saw lots of clotheslines. They were filled with clean wash drying in the sunshine. Zig-zag went the clotheslines. They criss-crossed each other from floor to floor all the way down. Flip-flop went the pants, shirts and underwear as they jumped and danced in the wind.

Jaime sighed. There were no mountains here, no trees or flowers here. Everything looked grey to him. The only color appeared in the words and numbers painted on the concrete and brick walls of the buildings. They were painted yellow, orange, pink, blue and many other colors. Jaime did not know how to read yet. But, he recognized that they were numbers and letters, just the same. He was going to start school next year. Then he would be able to read and figure out the numbers.

There were some things here he did like. Such as the way he could get water so easily. Just turn on the spigot and there was all the water you wanted! Hot or cold! Back home he had to help get water from a large well. Every day, he and his family had to lug buckets of water to their cabins. Everyone in his village did the same thing. Jaime loved the bathroom.

After he had made in the toilet, all he had to do was push a lever and everything disappeared. It was a lot better than the old outhouse in back of the cabin, where he was always afraid he'd fall in. Jaime liked trying out all the modern gadgets in his apartment. It was almost as nice as his cousin Luis' apartment in San Juan. His cousin Luis' apartment was larger and it also had a balcony with lots of plants.

He really missed his cousin Luis. Jaime wished he could have a brother to play with. All he had was Marieta, his baby sister. She was only two years old and couldn't even talk sense yet.

Luis was the one that had told Jaime about New York City.

He had told him about the cold and the snow. Luis had said that the angels who live in the sky above New York City get very, very cold in winter.

"When the angels get that cold, they cry. Their tears freeze and that's what snowflakes are. The angels' frozen tears. If enough of them cry all at once, then lots of snow falls and covers the city like a white blanket."

It was still early winter and no snow had fallen yet. Jaime had a book about the wintertime. It showed lots of snow, children playing, throwing snowballs and building a snowman. There was also a picture of a little boy on a sled. Jaime always got excited when he thought of snow. He was also a little scared and wondered if the snowflakes that fell from the sky would hurt him.

So far Jaime had only been with other children once since his arrival in New York City. That was when he had gone to visit his parents' friends in the big building. He had played with two boys about his age and an older girl. They did not speak Spanish, but they understood what Jaime said, and answered him in English. He liked them very much and wished he could see them again.

Jaime felt very lonely. He reached under his bed and took out the small box that held his conch shell. Carefully he removed it and held it up to his ear. He heard the ocean roaring. Then Jaime shut his eyes and saw his village. Clearly, there appeared all the wooden cabins that dotted the countryside. He saw the general store where his mother used to shop. They sold food, candy, dry goods, hardware, just about anything anyone wanted. There was the village dog, Chencha. She was always having a litter of pups. Oh . . . oh, and there were his friends. Pepito, Lucy, Wilfredo. They were all running up one side of the mountain to get to the other side of the mountain to play. What were they going to play? Hide-and-go-seek! What fun! Jaime could even smell the freshness of the earth. He hoped they were going down by the shallow creek to catch tadpoles. He wanted to join them.

"Jaime, where are you?" Jaime's mother walked into his room. She was holding Marieta in her arms. "What are you doing, my son?" she asked.

"Nothing," Jaime replied, and put his conch shell back in the box.

"You look unhappy, Jaime."

"I wish I had friends to play with," he said.

"You are going to have a birthday in two weeks," his mother said. "I will invite the children you played with when we visited Mr. and Mrs. Ortiz. Perhaps by then you will make more friends with the neighborhood children. This way we can invite them to the party as well."

"Mami," said Jaime, "the children here speak English."

"You will learn how to speak English too. You are going to school next year. But most of these children understand Spanish. You will all get along very well."

"I hope so." Jaime shrugged his shoulders.

"Now, what do you want for your birthday, Jaime? Have you thought of something you really want?"

"No," Jaime answered. Actually, he wanted to go back home. Back to his village, his friends and a life he understood. Of course Jaime knew he could not ask for that wish.

"No?" His mother shook her head. "I cannot believe that. But, never mind you, Jaime, your father and I will think of something to please you."

Many days passed and Jaime stayed indoors most of the time. His pink conch shell was a comfort to him. Jaime would take it out several times a day and every night. He would put it to his ear, wait for the ocean to roar, close his eyes and think about his village. This way, he was less lonely. Jaime did go out sometimes. He went window-shopping with his parents and Marieta. He enjoyed looking into the brightly lit windows of the stores that lined the wide avenue. Each store displayed different things, such as clothing, household appliances and toys. Looking at the toys was the most fun for Jaime. He also went with his mother to a large supermarket. He helped select groceries from the neatly stacked shelves.

It was now getting so cold that he had to wear lots of clothing: sweaters, a coat, scarf, gloves and a hat. Jaime had never worn so many things all at once. There were times he felt he could hardly move.

Every day he did pass some children playing in front of his building. They smiled at him and he smiled back. One day, one of them waved at Jaime and said something. Jaime understood what the boy had said, it sounded like:

HI—GAWA—YAH?

But Jaime knew it was really, "Hi, how are you?" Jaime had answered.

"I'm fine." Jaime's father had taught him to say that. Then he asked them, "Hi, how are you?"

"Fine," they replied. Then they said something else. Jaime did not understand it, but he smiled and nodded. They smiled and waved at him.

He was glad the children had spoken to him.

One late afternoon, a few days before his birthday, Jaime sat on his bed and looked out of the window. Something was different. Snowflakes filled the air. They fell from above, swirling before his very eyes! He was so excited he could hardly breathe. But something puzzled him. As soon as the snowflakes touched the ground, they disappeared. Where did they disappear to? What happened to them?

Jaime rushed to find his mother and sister.

"Mami . . . mami. Look! Snow, snow!"

Jaime, his mother and little Marieta looked out of the living room window.

"How beautiful!" said Jaime's mother.

"Snow . . . snow," said Marieta, pointing to the sailing flakes.

"That's right." Jaime looked proudly at his baby sister.

"That's what it's called . . . snow."

"Please, Mami, may I go out to play? Please!" Jaime jumped up and down excitedly.

"Yes. First we must all dress warmly," replied his mother. "Then we will all go out."

Outside, the snow was still falling. Jaime noticed that patches of white were beginning to appear on the tops of the cars, stoop steps and large areas of the sidewalk.

Jaime removed a glove. Carefully he reached out to the falling flakes. He felt soft, gentle, cold drops. They felt much gentler than rain. The snow on the ground reminded Jaime of the soft drops of morning dew that covered his village just before the hot sun appeared. Jaime looked down at the palm of his hand and the snowflakes had disappeared. They had turned to water. Jaime put his hand to his mouth and tasted the wetness. Yes, it tasted just like fresh cold water. Jaime picked up a scoop of white snow from the railing of his stoop and licked it. The snow tasted crunchy and cold, like ice cream without any flavor. Jaime's mother picked up the snow too. She had never seen anything like this in her life.

"Snow . . . snow," giggled Marieta.

Several children came over to Jaime and asked him to play. Jaime looked at his mother. She nodded and smiled. He was beginning to understand a lot of what the children said to him.

They played in front of Jaime's building, slipping and sliding in the falling snow. The snow now began to stick to the ground, creating a soft cushion for the children. They chased each other, fell and tumbled over. Some made snowballs and had a friendly snowball fight. Others tried to make a snowman, but the snow was too soft to be molded into large forms.

After a while, Jaime heard his mother.

"Jaime, it is time to go upstairs," she said.

"Oh, Mami, I am having such a good time. Please let me stay."

"It is getting dark. You may play outdoors again tomorrow, I promise you. Now we must go upstairs for supper. Your father will be home soon."

Jaime said goodbye to his friends.

"See you tomorrow!" they called. "Don't forget!"

"Don't forget!" Jaime echoed. "I'm fine!" he added.

That night Jaime was so happy, he forgot to take out his pink conch shell. All he could think about was tomorrow: playing in the snow, and the new friends he had made.

When Jaime's birthday came, he invited some of his new friends as well as the children he had met at the Ortiz household. Everyone had a good time. They ate birthday cake, ice cream, candy, and blew up balloons. They played pin-the-tail-on-the-donkey, blind man's bluff and hide-and-go-seek. Jaime got lots of presents. He got books, games, puzzles, a fire engine truck and some clothing. But the present he loved the most was the one his parents gave him. It was a bright shiny-new red sled. His father was going to show him how to use it.

"Jaime, tomorrow I'll take you to the park. You can slide down the steep hill with your sled," his father said.

Jaime had never felt happier in his life.

That night, in bed, Jaime looked at his beautiful new red sled. He could not wait to play with it. Then he remembered his pink conch shell. He had not taken it out for a long time. He reached under his bed and brought out the box. He put the conch shell to his ear, then waited. It took a while, but he finally heard the ocean roar. Then he shut his eyes, but saw nothing. He opened them again and remembered his Uncle Osvaldo's words.

"Remember, you must think hard and want to remember, otherwise it won't work."

"I do . . I do want to remember," Jaime whispered. He closed his eyes and thought real hard. After a while, he saw the mountainside and his village once more. His friends came into view. Yes, he could still see everything. Jaime sighed happily.

He knew he really didn't need the conch shell anymore, because he would never forget his village, where he had come from, or his Uncle Osvaldo and his friends. He would always remember.

Jaime reached out and touched his sled, then closed his eyes. He waited eagerly for tomorrow. He wanted to play in the snow with his friends. He liked it here, and he knew that he was now part of this new life. The happiness inside him told him so.

Guillermo Wild

Juan and Taco

The sun's rays were a gentle alarm clock for Juan Pacheco. The first shafts of morning light filtered through the limbs of an avocado tree hovering outside the windows of his room. The warm pools of sunlight that were strained by the tree's leaves and then by the blinds of the window touched his face, stroked his eyelashes and nudged him from his sleep. The sunlight slowly spread across his blanket bringing to life its red and yellow strips of color. The clusters of light were growing hot by the time they spilled over the side of the bed onto the floor where they fell upon Taco's head. And the delicate fingers of light performed the same subtle operation of gently waking the dog.

Taco always slept facing the bed with his head placed on top of his massive paws. His spotted body sprawled out over the floor as if it had been poured from a can of black and white paint. By lying in this position Juan was the last thing Taco saw when he fell asleep and the first thing he looked upon when he awoke.

Both the boy and the dog knew that it was time to get up when the sun's rays had spread across the floor. The smell of breakfast would soon drift over them. This was another sign that their day was beginning. Taco was always the first to move. He stretched, placed his front paws as far forward as he could and pulled against them. The muscles rippled beneath the black spots which decorated his shoulders and flanks. The stretching ended with a shuddering whip of his tail.

Juan watched impassively over the side of the bed until the dog had finished. It was then his turn to begin to move. He pushed the covers back and whirled his arms up over his head. The muscles pulled like taut cords beneath the smooth brown skin of Juan's chest and back. Taco stood and watched as Juan squirmed to the side of the bed.

"Hi, Big Leaguer. We get to see the Astros play tonight. ¿Te gustan, no?" Juan began the day talking to the dog, and Taco would flip his tail happily.

The slow move into the day's activity had been a morning routine for Juan and Taco for nearly five years. The only variations in this sequence of stretching and wiggling would occur on the days when Juan's mother cooked chorizo for breakfast. On those occasions Taco would begin licking his lips loudly as soon as the sweet chili smell of the chorizo penetrated the half-lighted room.

The dog's name had been the result of his first plate of food at Juan's house. The puppy had been delivered late one night by a friend of Juan's father. El señor Pacheco took one look at the dog and said, "He's what we call a 'dalmata' or 'dalmation.'"

The small ball of black and white dots squeaked with frustration as he sucked and nibbled on Juan's fingertips. El señor Pacheco crushed an old taco shell and softened it with warm milk. The puppy almost climbed into the bowl to eat and lick away the soggy food.

"Creo que esas migas de taco han salvado la vida de la criatura," laughed la señora Pacheco.

It was at that moment that Juan decided to call the puppy "Taco." And whenever the family ate tacos, the dog seemed particularly happy. El señor Pacheco said that on those days Taco's tail and tongue worked overtime.

Each morning as soon as he left the bedroom, Taco ran to the back door. He stood tensely with his body facing the door, but he would twist his head back so that he could watch for Juan. Once he was outside, he threw his head into the air and galloped with the grace and power of a fine stallion into the backyard. Immediately he began a search for his tennis ball. He reconnoitered with quick precision sniffing the grass and swaying his head from side to side. Finding the tennis ball was serious business for Taco.

After eating breakfast, Juan went to the back door where he could look out onto the small covered porch. By this time he would be waiting with his mouth stuffed full of tennis ball. Thick, spotted lips draped around the ball. He looked like someone who was trying to eat five dough-nuts at the same time.

"¿Listo para jugar béisbol, compadre? Pues, vámonos," Juan yelled out. And the game was on.

Taco placed the tennis ball delicately upon the ground and rolled it forward with his nose. The dog lunged into a spring as soon as Juan raised his arm to throw. The ball arched high and sometimes Taco was fast enough to be beneath it when it landed. He would leap with the ball's bounce and snap his jaws around it while his body was in mid-air. If he miscalculated and the ball skipped away, he pursued it frantically until he could trap it with one of his big paws. After stretching his mouth around the ball, he carried it quickly to Juan. At the very moment he released the tennis ball his body sprang to alertness awaiting the next toss.

The game could go on all day; at least Juan was convinced that Taco was impossible to wear down. And as they played Juan would keep a continuous baseball patter talk going. "Ay, ¡qué perro! ¡Andale Pedro Rose! ¡Corre acá como Omar Marino! ¡Tírala como Tony Pérez!" were the sorts of shouts that could be heard when they were playing their version of baseball.

When Juan tired, he fell to his knees and covered the dog with caresses. "Ni siquiera Fernando Valenzuela could cansarte a ti, Big Leaguer."

Taco yelped for just one more throw when Juan left him. But he seemed to understand that the words "¡Basta!" or "¡Hasta luego, compadre!" meant something final. When he heard Juan say these, Taco ran to the side gate from which he could see a part of the front yard. He stood there watching forlornly as Juan walked away. But the dog was always in that same spot when the boy returned. The very moment Juan strolled into sight Taco barked a loud "¡Hola!" and set off with a vigorous churning of his legs to look for his tennis ball.

One hot summer day while Juan and Taco were playing with the tennis ball Juan noticed a limping which affected the way the dog was running. Taco's back twisted as though he favored the legs on his right side. And soon after this Taco stopped jumping into the air to make catches. Often he just stood quietly waiting for the ball to stop bouncing before latching his jaws around it. He still wanted to play. His tail and eyes made this clear. But he held the ball longer, and he needed to rest more often before each pitch. At first Juan was surprised. "I never thought I'd out-throw you, Big Leaguer," he said. And then Juan laughed victoriously.

But as Taco kept the ball longer to himself and fetched it less fervently, Juan grew impatient. He yelled, "¡Cabezudo!" or "¡Perezoso!" Some days he even threw his hands up in disgust and went inside to watch television.

El señor Pacheco noticed this and explained to Juan. "Don't be so hard on the old fellow. Your compadre is an anciano, a real anciano for a dog."

"¿Cuántos años, Papá?"

"Pues, por lo menos cincuenta."

"Fifty years old," Juan gasped. "Nearly five times as old as me."

"Correcto. Y nadie, ni siquiera César Cedeño podría jugar béisbol si tuviera tantos años. ¿Cuántos ancianos conoces que pueden jugar béisbol?"

"Tienes razon, Papá. Es un perro como Joe Morgan, ¿no? Está cansándose."

"Precisamente," said el Señor Pacheco.

Juan looked out the window at Taco who was stretched out asleep beneath the avocado tree. He smiled and felt a new respect for the dog. "It's 'Old Timer' now," he whispered. "I'll never push you so hard again." And he settled back to watch a baseball game on television.

It was soon the ninth inning. Valenzuela was tired, but he seemed ready to begin working. You could see the fatigue in his face which was drawn and shining with sweat. He now had to pitch to Lonnie Smith, Ken Oberkfell and George Hendrick. They were the top of the Cards' batting order. Before Valenzuela had finished his warm-up throws, LaSorda lunged out of the Dodgers' dugout. He squinted at the ground studying each piece of dirt that he walked across. His cheek was swollen with a tobacco wad. When LaSorda reached the pitcher's mound and spoke, Valenzuela shook his head as if to say "No." The stocky pitcher pulled his sleeve across his face and shook his head again. This time he was more determined, more adamant in his refusal. The Dodgers' manager backed off the pitcher's mound while he was sputtering words at Valenzuela, and then he turned and walked away.

"¿Qué está pasando, Papá?"

"Quieren saber si Fernando está listo para salir del juego. Pero él no va a salir."

"¿Está cansado?"

"Of course he's tired. His arm probably feels like it's going to fall off at the shoulder. But he thinks that he can take these guys. Fernando no va a rendirse. Así es el hombre." El señor Pacheco leaned forward toward the television set. "Es un bravo, Juanito, y no importa el dolor del brazo, él no va a dejar a sus amigos. He won't abandon the team, the job or the fans. Así es el hombre."

"Es un verdadero fenómeno," Juan said with excitement.

"Sí, Juanito. Esa es la diferencia entre 'un buen hombre'

y 'un buen hombre verdadero.' A real man sticks with his job . . . even when it hurts."

Lonnie Smith stepped confidently into the batter's box. He was so sure of himself that each warm-up swing of the bat was menacing. Valenzuela's foot came up fast, and his whole body coiled behind the throw of the baseball. Smith swung and connected. He hit a chilling fly into right field. Pedro Guerrero moved back quickly, then he began to run. Everyone held their breath until Guerrero, with his shoulders against the right field wall, caught the ball effortlessly. Juan and his father cheered. Taco heard them. He stirred from his sleep and barked.

LaSorda erupted from the dugout this time. Valenzuela met him halfway across the diamond. Their discussion was heated and much briefer. Valenzuela appeared unperturbed.

"Why does LaSorda want him to stop?" Juan asked.

"The game is at a crucial point. It could all be lost here very easily. Would you like to be tired and faced with pitching to Oberkfell and Hendrick?"

"¡No, Señor!" Juan bellowed emphatically. He began to look with admiration at Valenzuela.

Oberkfell and Hendrick were dispatched quickly. They struck at every pitch. Valenzuela made each ball he threw tempting enough for them to take a swing with the bat. But they all missed. The enthusiasm of the crowd was tumultuous.

"¡Qué hombre!" shouted Señor Pacheco. "He didn't let anyone down. He stuck it out to the end. Cuando ellos se necesitaban, él se quedó. That took guts. Ay, ¡qué hombre!"

"Ay, ¡qué hombre!" echoed Juan.

Taco barked again outside the window.

For days the game stayed vividly alive in Juan's mind. He talked to everyone he saw about the brave pitcher of the Dodgers.

Soon Juan began to notice other changes in Taco's behavior. The dog waited until Juan was out of bed in the morning before moving from his sleeping position. And often when he was chasing the tennis ball his legs would buckle under him as though he had tripped over an invisible string stretched across the yard. The rolling limp, which had occasionally distorted his running, had now become the only way he was able to move. Juan thought that all these changes were the effects of age. Growing old, he thought, was especially cruel for a dog because it struck so fast. A man, such a Pedro Rose or Luis Tiant, slowed down gradually. He patted the dog more as if trying to compensate for the ravages of aging which had turned Taco so quickly from a great baseball player into a bystander. So instead of playing they spent many hours sitting in the shade of the avocado tree while Juan read the sports pages to Taco. The dog reclined close to Juan and fought to keep his eyes open.

"No come nada, Papá. Va a llegar a ser un flaco como Cantinflas." They all laughed.

El señor Pacheco added, "Taco can't keep up with you now. You have to change for him."

"You mean just like we did for Grandmamá?"

"That's right," his father said sadly. "She was like Taco . . . nunca se cansaba, siempre la reina del baile. Pero finalmente todos nosotros nos cansamos. Es el rumbo de la vida para todos . . . nuestro destino." A tiredness filled his face.

The next day Juan was sitting with Taco watching the Astros play the Reds. His fingers were stroking up and down the hind leg of the dog when he felt a large swelling around the joint. Juan checked the other legs and found similar lumps forming beneath the taut skin. If he pressed any of the nodules, Taco trembled uncomfortably and whined. Fear crept over Juan. He leaped to his feet and screamed, "¡Mamá! ¡Papá! ¡Vengan!"

"Tenemos que llevarle al veterinario inmediatamente," said el señor Pacheco.

"¡Sí! ¡Sí! ¡Dr. Gómez will help him!" exclaimed Juan.

Dr. Gómez's office was crowded with several women. All of them held cats in their laps. One woman had two snow white cats with purple eyes. All the heads in the waiting room rotated toward the door when Juan led in Taco. The woman with the white cats encircled them protectively in her arms when she saw the large lumbering dalmation.

The receptionist asked for the name of the patient, and Juan answered loudly, "¡Taco Pacheco!" He liked the sound of the name and hoped that if he ever had a brother they could name him "Taco."

Soon they were summoned to the office of the veterinarian. Dr.Gómez was a small man with a square black moustache. He had thick dark eyebrows. His face was friendly, and when he lifted Taco onto the examination table he did so with an effortless smoothness.

"Hace bastante tiempo que no vienen por aquí," he said with good humor. Dr. Gómez's examination of the dog was done quickly. His fingers probed and tapped across various parts of the dog's anatomy.

Taco quivered nervously from time to time, but when he looked around and saw Juan near by, he would swat his tail and calm down.

Dr. Gómez suddenly began to look very serious. He snapped an order to his assistant. "Dame una jeringuilla. Tengo que sacarle sangre para analizarla." The smile had been replaced by a grim look of concern.

Taco stood very still while the blood was being drawn. The needle did not cause him to move.

"He's a very tough dog," Dr. Gómez muttered. He was trying to be cheerful. After he had removed the syringes, he gave Taco a few pats on the head.

Juan and his father followed Dr. Gómez to a microscope which sat on a desk in the corner of the examination room. He began to prepare some of the blood by smearing it upon a small piece of rectangular glass. When the blood had dried, Dr. Gómez carefully covered it with some drops of blue liquid. "We're ready for business now," he said.

He placed a piece of glass with the stained blood sample onto the microscope and adjusted a knob along the side of the eyepiece. Then he lowered his head to the eyepiece and looked through it for several minutes. The longer Dr. Gómez peered into the microscope the more frightened Juan became. Finally Dr. Gómez sat back, sighed, rubbed his cheeks and adjusted his glasses. His large dark eyes were sad. Dr. Gómez squatted down until his face was level with Juan's. Their eyes met. Dr. Gómez gripped Juan's elbow. "Juan, Taco está muy enfermo. El padece de lo que nosotros llamamos 'lymphomatosis maligna.' No existe ninguna medicina para curarlo . . . ninguna. No hay remedio. Juan, tu perro se va a morir."

Juan's eyes filled with tears, but he managed to murmur, "¿No hay nada . . . nothing at all . . . que podemos hacer?"

"Lo siento muchísimo, Juanito. To cure him, no, there is nothing." He sighed. "But we can help him. Podemos ayudarle a dormir en una forma que prevenga el sufrimiento. We can put him to sleep. We must do that for him very soon."

Dr. Gómez moved to the table where Taco sat watching them. "All these nodules," he said as he pointed to the lumps under the skin, "will begin hurting him soon."

Juan felt the firm pressure of his father's hand upon his shoulder. As Dr. Gómez's soft voice continued and as Juan understood more clearly what the veterinarian was saying, tears began to fill his eyes. He blinked to try to keep control. El señor Pacheco pressed more firmly upon his shoulder.

Dr. Gómez moved solemnly away from them. He was writing upon a chart which contained Taco's medical history.

Juan looked up at his father and saw tears in his eyes too. They embraced each other. "It's alright to cry, Juanito. Está bien."

And Juan released a surge of sadness. The sobbing came from deep within him. Juan felt better each time the sadness overcame him and poured out with the tears and sobs. After a while the crying actually seemed to have cleared his mind. When Dr. Gómez's assistant returned to the treatment room and put Taco on the floor, Juan was ready to kneel down and hug the dog's massive neck. Taco was happy to be next to Juan. His tail was wagging at sixty miles an hour.

"You can leave him here now if you wish," Dr. Gómez said.

"¡No!" The word flew from Juan's mouth with a sharp firmness.

Dr. Gómez nodded understandingly. "Pues, en unos días . . ."

"Sí. Sí. After a few days," Juan muttered, but he was not thinking of what he was saying. He was not even sure why suddenly it seemed so important for him not to leave the dog with the veterinarian. But Juan was firming up inside. He was ready to fight them all in order to take his dog home with him.

Dr. Gómez looked away from the chart. His eyes searched out those of Juan. "You can take him home with you, Juan. In a few days, however, we must make plans together to deal with the pain he is going to have." He moved closer to Juan. "It will be very hard for Taco if we do not do something soon." He shook hands with el señor Pacheco and walked from the room.

El señor Pacheco maneuvered the car in and out of the Saturday traffic. He had been silent since they had left the clinic. When he began to speak his voice was low, almost a whisper. "We've got to think of Taco . . . what is best for him. Eso es lo que tenemos que hacer."

Juan did not respond. His eyes were focused upon some hazy distant horizon, the car inching its way towards it. He would flirt for an instant with the idea of a backyard without Taco, but he shut the idea out as soon as it was formed. He finally broke his silence with, "What will they do with him?"

El señor Pacheco was not sure. He said, "They'll give him a medicine to make him sleep . . . and he will just keep on sleeping. That's sort of what being dead is . . . a long, long sleep."

"He will sleep just like Grandmam did . . ." Juan commented, and he thought of the last time he saw his grandmother so strangely asleep in such a large strange box.

El señor Pacheco did not respond at first. He knew that Taco's death would be another of those eternal separations that come into our lives. But what could he say to his son about such things which would make them easier to bear? He thought of the dog and said, "Perhaps we should have left Taco with Dr. Gómez. It will be even more difficult to bring him back. We may not have the strength for doing that."

Juan's black eyes glistened, but they saw nothing. Then the words which he had been thinking about ever since they left the veterinarian's office came pouring out. "I don't want to take him back there. No voy a llevarlo a ningún lugar."

El señor Pacheco stiffened with surprise. He glanced quickly at this son and then at the dog. "Pero Juanito, el perro va a sufrir muchísimo si no . . ."

"Yo quiero que Taco se muera en su casa. I can give him the medicine that will make him . . . sleep." He turned to look at his father. There was a hardness in his voice, and his dark eyes were clear. He announced, "I will give Taco his medicine, and I will bury him in the backyard." He looked down at the tennis ball in his lap. "Will you talk to Dr. Gómez for me?"

"Por supuesto, Juanito. But why do you want to do this thing? Es muy difícil, muy difícil. No puedo comprender."

Juan sighed and tried to formulate an explanation. "Pues, Taco and I are like a team. We work together. And even if it hurts me inside as much as Valenzuela's arm was hurting when we last saw him pitch, I cannot let my teammate down." He closed his eyes and continued. "You told me that helping your friends, not running out on the job, especially when it hurts was the difference between being 'un buen hombre' and being 'un buen hombre verdadero.' "

And el señor Pacheco understood. He reached over, placed his arm around the boy, and pulled him closer. Juan began to shake with sobs. He buried his face into the side of his father as if he were ashamed.

"Está bien, Juanito . . . está bien. Los verdaderos lloran también. Está bien."

Juan slid under the covers. At last the long horrible day was behind him. Now all of its horrors were a memory. The capsules, the last baseball game with Taco, the grave, all could be forgotten now. As the fatigue closed over him his body seemed to melt into the mattress. He rolled to his side and looked out into the far corner of the backyard at the candle which he had placed on Taco's grave. The candle's bright hot flame had begun to flicker. It grew dimmer as though it were being moved away from him farther and farther into the darkness. The fleck of candlelight was transforming itself into a star. It grew more intense and rose higher until it was well above the trees. And suddenly it disappeared as though swallowed within the blackness of the heavens.

Juan lay back and closed his eyes. He knew that there was a heaven for dogs, and he knew that Taco was there at this moment, chasing a tennis ball.

Introducción

LENGUA, LECTURA, LITERATURA Y EL NIÑO

La meta primordial de toda escuela en cualquier parte del mundo es hacer que el niño llegue a dominar su lengua, y tal vez otras, para así compartir con otros seres humanos su convivencia cultural. Esta no es una tarea fácil aún en las más ideales circunstancias, puesto que aunque todo niño es igual, por ser miembro de la raza humana, se da el hecho de que cada niño es un individuo. Esto quiere decir que a pesar de los atributos que todos tenemos en común, existen tantas diferencias que hacen surgir problemas pedagógicos. Ahora bien, en este tomo de literatura infantil no nos interesa la pedagogía por sí sino el estimular el aprecio por la literatura como patrimonio de nuestro pueblo. Y por ser así tenemos que dirigirnos a la pedagogía, o sea al papel que debe ocupar la literatura en la enseñanza.

Es por vía de la palabra escrita que el hombre llega a ensanchar su perspectiva del mundo, de los seres humanos y de sí mismo. Y es también a base de la literatura y la lectura de otros tipos de materiales que uno va mejorando su habilidad lectora y el dominio del idioma. A la vez queda considerar otro aspecto de suma importancia. Y esto es que con la lectura concienzuda de obras clásicas, de obras de otras épocas y culturas, así como de las contemporáneas, el individuo va aumentando su destreza de razonamiento.

Este último punto es una clave importante en la enseñanza, puesto que el propósito de la educación es mantener y transmitir la cultura. Pero a la vez tiene el propósito de fomentar la disciplina intelectual de manera que el individuo llegue a dominar la razón, la lógica y el pensamiento. Es aquí donde la literatura ocupa un papel significante.

Durante la infancia el niño puede empezar a apreciar el mundo del libro. La literatura infantil ayuda al niño en su desarrollo durante la segunda infancia y la adolecencia. Mientras más se le lea oralmente con diversos tipos de libros para la edad en cuestión, más deseos tendrá el niño de escuchar otros libros. De igual manera, al ser expuesto al lenguaje auténtico del libro bien escrito, más lenguaje aprenderá y mejor podrá expresarse. Esto parecerá obvio, pero el hecho es que si el vocabulario del niño es rico al ingresar a la escuela por primera vez, le será más fácil el aprendizaje de las destrezas de la lectura. Y no son pocos los niños que presentan problemas a su expresión oral.

Al escuchar la lectura oral, el niño observa cómo se debe coger un libro, cómo se lee de izquierda a derecha y cómo se ha de pasar de una página a la otra. Todo esto lo llega a descubrir a su paso y sin necesidad de que se le enseñe directamente dónde están las palabras en la página y por qué están allí. De la misma manera va formando hipótesis acerca de la relación entre el sonido y el símbolo gráfico que encuentra en la página. Todo esto ocurre a un paso natural, a pesar de las diferencias individuales. El niño, aunque venga de un ambiente donde la lectura de cualquier índole está ausente, llega a formar estas hipótesis, aunque sea un poco más tarde cuando empiece a aprender a leer.

Esto es de considerable importancia, pues muchos de nosotros hemos llegado a la errónea generalización de que el niño que proviene de la familia económicamente desventajada es de hecho un lector deficiente o un niño con limitada capacidad para el aprendizaje. A causa de estas percepciones erróneas, muchas veces el niño queda relegado al grupo de niños con problemas escolares y por consiguiente recibe una instrucción basada en sus deficiencias. No se espera que llegue a lograr los mismos objetivos que sus compañeros más adiestrados, y por eso no llega a participar en el mismo nivel de instrucción.

No obstante, las investigaciones comprueban que aún este niño es capaz de aumentar su fluidez lectora a base de la literatura. No solamente va ganando dominio de las destrezas mecánicas de la lectura ya mencionadas, sino otras más sutiles. Por ejemplo, su conocimiento de la palabra aumenta en proporción a su contacto directo y personal con ella. Es así que aumenta su conocimiento de los conceptos básicos que forman la base del desarrollo del pensamiento a medida que va aprendiendo a leer con más y más fluidez y con niveles más altos de comprensión.

Por otra parte, el niño se da cuenta también de la relación del significado de la palabra en función de su uso en la frase u oración. Es así como aprende que el contexto le ayuda a comprender y que no debe darse por vencido a primera vista cuando no entiende una palabra u otra. El escritor le ayuda a comprender y captar su mensaje dándole claves y, entre más lee o más escucha la lectura oral por sí mismo, más rápidamente ganará conciencia de otras técnicas de la lectura.

El buen lector, por ejemplo, se propone un propósito específico al leer. Se da cuenta que al leer el periódico encontrará cierto tipo de textos o información. El niño también llegará a la conclusión de que si quiere disfrutar de un cuento de hadas no irá al periódico en busca de tal cuento. Ya habrá llegado a la conclusión que en el periódico se encuentran lecturas de otro tipo.

Otra técnica es que para asimilar lo leído, hay que tratar de intervenir en el proceso de la comprensión haciendo relación con lo que ya se conoce. Para aprender algo nuevo, los conocimientos y experiencias previas han de sobresalir de manera que se ligue lo uno con lo otro. Es así como el aprendiz va adquiriendo esquemas, una serie de conocimientos que facilitan la adquisición de nuevos conceptos y destrezas.

Todo esto se logra a base del vínculo tan íntimo que existe entre la lengua, la lectura y la literatura. La lengua no se desarrolla por sí sola, sino en función de experiencias directas y variadas. Además, estas experiencias han de ser auténticas y frecuentes. Es por esto que la literatura se tiene que considerar en función de la lengua, puesto que la escuela presenta el caso del uso de la lengua en una situación desprovista del contexto natural. No negamos el hecho de que el lenguaje de la escuela se ha de dominar, ya que en nuestra sociedad la educación formal es un medio para formar al buen ciudadano. Por lo tanto, es indespensable el dominio del nivel de lenguaje necesario para poder participar en cualquier actividad social. No obstante, es através de la literatura auténtica que le proporcionamos al niño una visión más genuino del mundo actual.

Lo mismo se puede decir de la relación entre literatura y lectura. Es obvio para la mayoría de nosotros que el libro de texto que se usa en el salón de clase sufre de pedanterías y de lenguaje rebuscado. Hay suficiente información que indica que los estudiantes no se interesan mucho por lo que encuentran en los textos y que por lo tanto se ven aburridos. Y no es solamente por el estilo, sino también por los temas que allí se incluyen. A veces son tan abstractos o tan carentes de imaginación que hasta el maestro se da cuenta que no interesan al niño. El buen libro de literatura, el buen cuento o poema puede resolver muchos de estos problemas y los anteriormente mencionados.

Esta colección de cuentos y poemas los presentamos con el propósito de remediar el dilema que presenta la enseñanza de la lectura en español y en inglés aquí en este país. Consideramos que los diversos textos, "basal readers," que se usan en los programas de educación bilingüe están llenando una gran necesidad, ya que el maestro necesita de un material en el idioma del niño para poder lograr los objetivos que se han determinado por la escuela. Dada la diferencia en el dominio de la lengua materna y, además de eso, los diferentes niveles de desarrollo cognoscitivo, el maestro tiene que estructurar el programa de instrucción de una manera u otra. Y, desgraciadamente, en este país, al igual que en otros, tradicionalmente nos tenemos que valer de un mismo programa de lectura para toda la población estudiantil en la zona escolar.

Esta práctica da lugar a muchos problemas, ya que los redactores de materiales didácticos de alguna manera tienen que 'normalizar' el libro de lectura. Estamos de acuerdo que esta práctica en sí no es necesariamente nociva, puesto que todos compartimos las mismas experiencias fundamentales y en ese sentido tenemos las mismas necesidades. No obstante, tampoco se puede negar que muchos niños no pueden entender temas ajenos a su propia experiencia. Quedan, por tanto, fuera del círculo de los que sí entienden y logran seguir adelante sin sufrir retrasos académicos que se pueden evitar fácilmente poniendo al niño en contacto con el cuento o poema auténtico y que está más a su alcance.

En esta edición incluimos material recogido de la comunidad hispana de Houston. Este fue el propósito de Frances Mancilla al entrevistar a diversas personas con la meta de recopilar material de nuestra propia tradición para compartirlo con sus alumnos en salones de educación bilingüe. No hace falta mencionar que se reconocerá la voz de muchos pueblos en los pocos versos que aquí presentamos. "Los perritos," "Cinco ratones" y "Rosita" son perfectos ejemplos de la facilidad lírica, aunque ingenua, del pueblo que fija la atención en lo cotidiano y lo graba en verso. En "La Flor" tenemos no solamente un cuentito en verso, sino también retruécanos que servirán de lección natural en los diminutivos y aumentativos para el lector joven.

Los poemitas de Elsa Zambosco son un deleite para el oído de los lectores más jóvenes que aún sienten la atracción irresistible del mundo animal. Zambosco convierte a los animales en personajes que despiertan en el lector u oyente una fuerte simpatía. La triste vaquita parece tan abrumada que no le mueven las palabras entusiasmadas de la poeta que en vano trata de motivarla. Lo mismo ocurre con el pollito reprendido donde los versos se convierten en palabras propias poniendo al lector como la persona que habla. Los versos sencillos convencen en su traducción de lo que puede estar pasando en el gallinero y por tanto el lector joven podrá compartir esa realidad imaginada. En ocho cortos versos, Zambosco logra de nuevo acercarnos, casi como intrusos, a la conversación entre Pata y Pato. Y en "Bambi" hace despertar memorias de un venadito familiar como éste, desconfiado y altivo.

"Cantos de la pajarera azul" es un poema que será fácil de aprender y recitar para que el niño haga suyos los versos rítmicos y rápidos de apreciar. Las imágenes son vivas y coloridas, hechas en versitos cuya rima y compás semejan el vuelo y la canción de los pájaros que habitan la pajarera azul. El mismo don lírico se encuentra en "Los regalos del Hada Madrina" escrito por Novo Pena. Estas inspiradas coplas no dejarán de gustar a los lectores por la atinada combinación del nombre de cada animal y el correspondiente regalo que reciben del Hada Madrina. Quien dudaría que a Vicente, el serpiente, le tocara otra cosa que un cepillo de dientes; y a Tino, el pingüino, un bastón azul marino. Así nos presenta la autora un desfile de animales que reciben ya una rosca o un diccionario o una silla; es decir, un regalo escogido muy especialmente para cada uno por la buena y maravillosa Hada Madrina.

Naomi Lockwood Barletta contribuye dos poemas sobre temas que por ser tan usuales, solemos sentir indiferencia hacia ellos. En "Tránsito" tenemos una visión de agitación por las máquinas del hombre tan imponentes e invasivas que el cielo se "hace pequeñito . . ." Este breve poema, por lo tanto, se presta para que el niño considere el punto de vista de Barletta y lo compare con el suyo, o por lo menos lo tome en cuenta al tratar de comprender su mundo. Lo que sobresale en el poema "Cuando yo era niña" es otra vez la situación usual, tan familiar que todo lector u oyente no puede menos que hacer memoria de esa misma situación. Nadie se escapa de la misma advertencia de portarse bien y estarse quieto. Y es por eso que los niños encontrarán este poema fácil de comprender y podrán apreciar su mensaje. Hasta podrían inspirarse en él para escribir sus propios versos de lo usual en sus propias vidas.

"Tun-ta-ca-tun," que sirve a la vez como el título para esta edición, es el cuento de la creación de la isla de Puerto Rico. Varela domina las imágenes para darle un tono misterioso al cuento de como Yuquiyú pudo vencer a su hermano, Juracán, y así lograr plantar la quenepa de donde nació la isla. Cada suceso da lugar a otro para mantener el interés del lector sobre el problema o conflicto del personaje central. Como el cuento es corto, es importante que el autor pueda controlar el desenlace; de otra manera la trama carecería de impacto. Y en "Tun-ta-ca-tun" Varela le brinda a sus lectores jóvenes un cuento que perdurará no sólo por el tema sino también por su valor artístico.

El mar siempre ha sido motivo de inspiración para escritores de cualquier lado del mundo. En esta edición incluimos un cuento cuyo enfoque es un caracol, un estrómbido. En él se ha intentado captar el misterio y el sentido imponente que el mar y sus criaturas producen en todo ser humano. Me interesaba, además, estimular el interés del lector por los caracoles que el mar nos regala en todas sus diferentes formas y colores.

Las manifestaciones de calidad literaria de los antiguos indígenas siempre han fascinado a quien llega a conocerlas. Alberto y Patricia De la Fuente se han encontrado con unos relatos de esa época y que ahora vuelven a redactar en forma narrativa para el lector joven. Estas versiones, como "El sol-beso: Una leyenda indígena," se presentan en formas más extensas que las demás obras. Mantendrán el interés del lector por la trama intrigante que es a la vez plausible dentro del género de la leyenda. El personaje imponente del sol, Tonatiuh, está en perfecto contraste con dos personajes no menos impresionantes: Margarita, la flor de carita color-tierra, y Lala, la trucha-poetisa. A través de la caracterización tan acertada de estas figuras legendarias, los personajes resaltan como seres fantásticos que habitan un mundo maravilloso no muy diferente al del niño. El matriminio De La Fuente interpreta la antigua literatura con tal arte que el buen maestro no tendrá dificultad en ponerlos al alcance de sus alumnos.

Sylvia Contreras en su primer trabajo literario ha creado un cuento de fantasía que no dejará de estimular la imaginación de sus lectores. "El unicornio" es un cuento corto en el cual una niña llega a conocer lo que es la amistad y el amor. A la vez, se da cuenta de que la realización de su sueño le ha costado el amor y cuidado de su familia. Es así como Contreras logra valerse de la fórmula tradicional de los cuentos de hadas para elaborar sobre ella el concepto de la amistad.

Pocos escritores han intentado, y mucho menos logrado, crear un cuento en el dialecto que combina el español y el inglés. En "Juan y Taco" tenemos un cuento para lectores del tercero al quinto grado. Se trata de un cuento de un niño cuyo mejor amigo es un perro con quien suele pasar su tiempo libre. Como Taco está envejeciendo, Juan se da cuenta de que su buen amigo está muy enfermo. El autor propone un dilema ya que Juan tiene que enfrentarse a la muerte inevitable de su perro y tiene que aguantar la pena y tristeza que esta noticia le supone. Wild maneja estos sentimiento con delicadeza y despertará interesantes discusiones al considerar este problema.

En "Jaime y la concha de caracol," la bien conocida escritora Nicholasa Mohr desarrolla el tema de los problemas que nacen en el niño que se encuentra lejos de su suelo natal. Esta es una circunstancia que muchos niños tienen que enfrentar, pero que no fácilmente llegan a entender dados los sentimientos que produce un nuevo y desconocido hogar. En este cuento, Jaime se da tiempo para sentirse parte de su nuevo ambiente y el lector puede simpatizar con el niño a medida que logra dominar la tristeza y la nostalgia.

Con esta colección de obras literarias esperamos ayudar al

maestro de niños hispanoparlantes a dejarse llevar al mundo de la literatura. En ese viaje deseamos despertar en nuestros pequeños lectores el interés por la palabra escrita, por llegar a conocer al mundo que los rodea, para así llegar a conocerse a sí mismos y de esa forma contribuir a su comunidad.

Sylvia Cavazos Peña

Frances Mancilla (Recopiladora)

Los Perritos

En el viejo bosque
hay una casita.
Si vas allá
Te has de asomar.
Por la ventana en el interior
verás muchos perritos
con su profesor.
Don Pipirulando está enseñando
a los perritos
"¿Quieren aprender? Paren las orejas
y muevan el rabo."
Se aplican mucho a leer, si pongo una "m"
y luego una "a".
Se rieron los perritos de la facilidad
y todos juntos deletrearon "GUAO GUAO."

Frances Mancilla (Recopiladora)

Cinco Ratones

Cinco ratones en la cocina
buscan migajas para comer.
Luego se suben a la cena y
allí encuentran buen pastel.
Pero los ojos del viejo gato
a los ratones han visto
y luego se meten en su agujero
de allí no salen nunca jamás.

Frances Mancilla (Recopiladora)

Rosita

Rosita cortó una flor
Su mamá la regañó.
Se puso tan coloradita
Como la flor que cortó.

Frances Mancilla (Recopiladora)

La Flor

Esta era una flor, florecita, floresota
que estaba triste. Y llega el águila,
aguilita, aguilota y le dice:
"Flor, florecita, floresota,
¿por qué estás triste?"
"Porque la nube, nubecita, nubesota,
no me quiere dar agua, agüita, aguota."
Y el águila, aguilita, aguilota se fue
———volando———volando——volando——
Y llegó la nube, nubecita, nubesota.
Y le dijo a la nube, nubecita, nubesota:
"¿Por qué no le quieres dar agua, agüita, aguota
a la flor, florecita, floresota?"
"Porque no, no y no."
Y el águila, aguilita, aguilota
le dio vuelta a la nube, nubecita, nubesota.
La atravesó por en medio.
Y llovió tanto que la flor, florecita, floresota,
se ahogó, ahogó, ahogó.

Elsa Zambosco

La Vaquita Triste

¿Por qué estás triste, vaquita?
¿No ves que el cielo está azul?
¿No sientes que el húmedo pasto
te acoge en su verdor?
Mírame, vaquita, que aquí estoy.
¿No ves que llevo la risa
prendida en mi moño azul?
Déjame ver tu cola moverse,
tus cuatro patas erguirse
y tus cuernos en lo alto.
A pesar de tu tristeza
eres linda mi vaquita.
Ven a darme tu lechita
con el pan y con la miel.

Elsa Zambosco

El Pollito Reprendido

¿Qué has hecho plumón suave
para que tu oronda madre
te haya puesto en un rincón?
No te sientas mal, pollito,
en el fondo del plumón,
yo sé que te quiere mucho
más que al agua, más que al sol.
Da vuelta tu piquito
y pídele perdón.
El amor es pluma
y el plumón, plumón.

Elsa Zambosco

Entre Pata y Pato

Cuac, cuac—mamá.
Cuac—hijito.
Cuac, cuac, cuac.
Cuac, cuac.
Lo que no puedes ganar
mejor es olvidar.
Ve ahora a tu baño
y mañana a soñar.

Elsa Zambosco

Bambi

Frágil y rápido como el rayo,
manso y apacible como el prado.
Vengo a darte el pan
como de costumbre,
a ver tus dulces ojos
y tu hocico mojado.
Me miras y no vienes
y vienes y me miras,
me confías y me huyes,
quieres tu pan y no quieres.
Libre y dulce
altivo y cálido
elegante en el salto
y estatua en la pradera.
Te quisiera abrazar en lo alto
y te escapas al contacto de pan,
dulce Bambi, no eres de nadie
más que del sueño y la fábula.

Silvia Novo Pena

Cantos de la Pajarera Azul

Pajarera azul,
pajarera llena
de lirios y fuentes,
de aves parleras.
¡Qué lindos los cantos
que tocan tus rejas,
pajarera mágica
pajarera amena!

El perico Pedro,
el perico verde,
a la blanca lora
el perico quiere.
Y la blanca lora
al perico verde
en la noche canta
su canción alegre.

Cardenal amigo,
cabecita loca,
con hilitos blancos
tu nidito formas.
Cardenala linda,
de roja cabeza
en tu nido blando
al amigo esperas.

En la fuente, fuente
de gotas de vidrio
baila el arco iris.
y beben los lirios.
Y la alondra gorda
de pecho amarillo
peina sus plumitas
y moja su pico.

Vuela la rosela
de las plumas verdes,
rojas y amarillas
negras y celestes.
Rosa, Roselilla,
báñate en la fuente
que el cotorro lila
vendrá pronto a verte.

La canaria hermosa
por las flores vuela
y una flor muy roja
con sus alas besa.
Todos los canarios
con las flores sueñan
y en la flor muy roja
la mañana esperan.

Manzanas, naranjas
para pajarillos
que las horas pasan

entre trino y trino.
Semillitas dulces,
girasol y alpiste
que las palomitas
cucú cucú piden.

Silvia Novo Pena

Los Regalos de la Hada Madrina

Hada, hadita encantada,
madrinita muy amada,
la primera en primavera
en llegar al bosque era.
Muy bonitos regalitos
traía a los animalitos,
y bailando y cantando
uno a uno iba llamando:

Toma, Ardilla, una silla
con su tapa de sombrilla

Para ti, Mosca tan hosca,
una azucarada rosca.

Doy a Tino, el Pingüino,
un bastón azul marino.

Y a la extraña de la Araña
frasco de esta miel de caña.

A ti, Mona, esta kimona.
Te verás muy coquetona.

Tú, Canario, un diccionario
y este lindo relicario.

A ti, Gata, esta bata
con bordados de hojalata.

Para el Gallo, negro y bayo
el maíz del mes de Mayo.

Para el mono Kikomono
un sombrero que es un cono.

A Ricardo, el Leopardo,
doy dos varas de este nardo.

Y a Teresa, la Tigresa,
una cinta color fresa.

Esta rosa, primorosa
a ti, blanca Mariposa.

A Teodoro, el verde Loro
un chaqué color de oro.

Y una hamaca de alpaca
a mi buena amiga Vaca.

A Leal, el Cardenal,
su casita de nogal.

Y a Pepillo, el Armadillo
doy un peine y un cepillo.

A Gisela, la rosela,
una torta de canela.

A Vicente, la serpiente
este cepillo para el diente.

Y al Delfín doy un violín
con un dulce retintín.

A ti, Tina, la Gallina
una roja gabardina.

A Enriqueta, la mofeta,
polvos de color violeta.

Al León, que es tan gritón,
un grandísimo acordión.

Y a la vieja Lagartija
esta espléndida sortija.

Al Mosquito, un chalequito
verde claro muy bonito.

A Ginés, el cienpiés
dos botellas de Jerez.

Para Juana, la gran rana
una inmensa palangana.

Y a Cucuza, la Lechuza
unos guantes de gamuza.

A Fifí, el colibrí
brazalete de rubí.

Para Hebra, feliz Cebra
tres galones de ginebra.

Para Charra, la Chicharra,
dos platillos y una jarra.

Y a Chacha, Cucaracha
un pastel de remolacha.

Elefante, mi gigante,
alfiler con un diamante.

Y por fin, al Puercospín
le regalo este bombín.

Y la hadita tan bonita
canta con su vocecita:
—Amiguitos, queriditos,
¿les gustan sus regalitos?
—Oh, sí, Hada, la encantada,
Madrinita muy amada.
—Son muy bellos—dicen ellos.
—Tus regalos son muy bellos.
—Gracias mil, nuestra madrina,
tan bonita y cantarina.
¡ERES TU LA MENSAJERA
DE ESTA HERMOSA PRIMAVERA!

Naomi Lockwood Barletta

Tránsito

Por la mañana
y por la tarde
en las calles de mi pueblo
se ve la procesión
de motoras, máquinas
y maravillas de acero
y el cielo invadido
se me hace pequeñito
matado por bocinas
y catarros callejeros.

Angela McEwan-Alvarado

Cuando Yo Era Niña

Cuando yo era niña,
la Tula me llevaba a misa
y me decía
"Pórtate bien y estáte quieta."
Pero yo quería ver a la gente,
como la niña Márgara, vestida tan elegante
con sombrero y hasta guantes,
y don Ramiro del pescuezo flaco,
el cuello almidonado y un enorme saco.
Cuando yo estaba malcriada,
la Tula me pellizcaba
pero yo gozaba
cuando yo era niña.

Mark Blickley (trad. Silvia Novo Pena)

El Vuelo del Espíritu de Navidad

El día 23 de diciembre a Maritza Cuenca, que entonces tenía nueve años, la llevaron al aereopuerto de Quito, Ecuador. La persona que conducía el jeep prestado era la abuela de la niña. Durante los últimos dos años y medio la abuela se hizo cargo de Maritza mientras que sus padres, en los Estados Unidos, trabajaban duro y ahorraban para poder mandarle a Maritza un pasaje de avión que le permitiera venir a vivir con ellos. Aunque la vida en el pueblito de montaña de Alausi era agradable y el cariño de la abuela hacía menor la nostalgia que sentía Maritza por sus padres, cada noche la niña se quedaba despierta en su cama, dando vueltas y más vueltas preguntándose cómo estarían sus padres. Entonces se entristecía y todo el cuerpo le daba punzadas como si tuviese un gigantesco dolor de muelas.

Cuando se acercaron al aereopuerto, Maritza vio como un avión iba haciendo un ruido cada vez más fuerte al volar sobre el jeep prestado hasta desaparecer detrás de un gran edificio para luego ir chirreando a detenerse sobre la pista de aterrizaje. Maritza le agarró la mano a su abuela y se la apretó tan fuerte que ésta gritó, "¡Ay!" y se rió.

—Debes de sentirte muy excitada, bonita. Vas a tener un viaje magnífico. Qué suerte tienes, pequeña, de viajar en un avión a un mundo nuevo para vivir con tus padres.

—¿Por qué no puedes venir tú también, Abuelita?

—Quizás cuando tus padres ahorren suficiente dinero yo también pueda hacer ese tremendo viaje.

—No te preocupes, Abuelita. Yo voy a trabajar duro, muy duro, para que tú puedas venir a quedarte con nosotros. Te lo prometo.

—Está bien, si tú me lo prometes, bonita. Voy a empezar a ahorrar para comprarme una maleta buena y ropa nueva con que llenarla—dijo la abuela riéndose.

La abuela estacionó el jeep de su vecino. Maritza rodeó con sus brazos una maleta grande y pesada, y las dos empezaron a caminar rumbo a la terminal de aviones.

—Voy a extrañar las Navidades en Alausí—dijo Maritza con una voz llena de tristeza,—especialmente todas las maravillosas fiestas y la comida.

La abuela le acarició el pelo a Maritza deslizando una de sus trenzas entre los dedos.

—Ay, pequeña, estás recibiendo el regalo de Navidad más maravilloso del mundo. El regalo de poder reunirte con tus padres. Es hora de cantar una canción de aventuras como lo hacen los motores de tu avión.

—Sí, pero las Navidades en Alausí parecen como si todo un año de alegría viniese a hacer explosión en un solo día. Lo voy a extrañar mucho, y—añadió Maritza susurrando—a ti también.

Maritza escondió la cabeza en el pecho suave y tibio de la abuela. Levantó la vista y vio que los ojos de la abuela se llenaban de lágrimas. Una lágrima vino a caer en los labios de Maritza y así pudo saborear el dulzor salado del cariño que su abuela sentía por ella.

El rugido del avión al despegar de la tierra asustó tanto a Maritza que sintió ganas de ir al baño, pero no se atrevió a dejar la seguridad de su asiento.

Mientras más sueño tenía Maritza, menos miedo le daba el viaje en avión. Una azafata le preguntó si quería un refresco. Maritza dijo que sí con la cabeza. Cuando la azafata regresó con la Coca-Cola, Maritza se había quedado dormida en su asiento. La muchacha iba a despertarla pero, al notar la sonrisa en la cara de la niña, decidió no molestarla.

—Debe estar teniendo un sueño maravilloso—le dijo la azafata al hombre que estaba sentado al lado de Maritza.

—Maritza, ¡guarda ese zapato! ¡Es demasiado temprano! El Padre Noel no va a llenar ese zapato viejo con regalos hasta la Nochebuena, ¡ni un minuto antes! No te preocupes, bonita. Yo sé que no te vas a olvidar de ponerlo en la ventana para que él lo vea. Y si tú te olvidaras, yo te lo recordaría.

¿Está bien?—la abuela le dijo riendo.—Ven, ayúdame a poner la mesa de Navidad. Maritza, avergonzada, guardó el zapato viejo nuevamente en el armario.

—¿Crees que nos ganamos el concurso este año, Abuelita? Yo me sentí tan orgullosa el año pasado. Quisiera ser la primera en la procesión de la iglesia otra vez. Fue tan excitante poner al Niño Jesús en su cuna en el altar. Si ganamos otra vez, ¿podría ir yo a la cabeza de la procesión por la senda principal de la iglesia? ¿Tú crees que podría ser yo? ¿Sí?

La abuela se sonrió.

—Por supuesto que sí. Pero no te sientas demasiado segura. Dicen que la Señora Lupe ha puesto una mesa de Navidad espléndida. Sus figuras parecen de verdad, y dicen que los regalos del niño Jesús están magníficamente tallados y pintados.

—Ganaremos otra vez, Abuelita. Lo presiento—dijo Maritza mientras desenvolvía con cuidado docenas de pequeños juguetes de madera.

Pronto la mesa de Navidad estuvo terminada. Maritza y su abuela se retiraron un poco para admirarla. El nacimiento en el centro de la mesa estaba bellísimo. Las figuras acabadas de limpiar con pulimento brillaban, y la estrella dorada pintada sobre el pesebre relucía tanto que Maritza se quedó admirada de su luminosidad. Lo mejor eran los juguetes hechos a mano que rodeaban el nacimiento, esparcidos sobre la mesa. Eran los regalos para el Niño en el pesebre y, aunque Maritza sabía que era un pecado jugar con cualquiera de los juguetes del Niño Jesús, le era difícil no tocarlos.

—Lorena Pazmino me dijo que su hermano se robó de la mesa de ellos uno de los juguetes del Niño Jesús y lo rompió. Era un juego en el cual dos indios se daban cabezazos al apretarse un pedacito de madera sujeto por una liga de goma.

El señor Pazmino lo talló y Lorena dice que ella misma lo pintó. Pero yo no lo creo. La abuela frunció el ceño.

—Debemos de rezar para que Dios perdone a su hermano. Y también debemos de rezar para que el silbato en forma de pájaro que el Señor Prieto nos hizo no venga a terminar en tu bolsillo. Maritza se rio.

—¡Abuelita, yo nunca haría eso!

El chasquido de los cohetes y el silbido de los voladores hicieron explosión, rompiendo el silencioso atardecer de Alausi. Maritza salió corriendo de la casita. "¡Retreta! ¡Retreta!" gritaba. Pronto, otros niños aparecieron gritando. Una banda de música tocaba mientras acercaba despacio sendero arriba al pueblito. El ruido de sus instrumentos competía por ganarse la atención del público con las explosiones y los chispeantes y multicolores fuegos artificiales de la retreta.

Pronto, casi todos los habitantes de Alausi bailaban en la calle. Maritza bailó y bailó hasta que se retorció un tobillo. Se sentó bajo un pequeño árbol y miró al cielo. Con los ojos seguía el silbido de un volador recién prendido. Lo vió explotar en una cascada roja y verde, caer del cielo en pequeñas gotas como si fuera una lluvia mágica, y donde cayó esta lluvia todo se volvió alegre. Hasta el gruñón del viejo señor López que bailaba con la abuela se sonrió.

—¡Mira, Maritza, vamos a unirnos al Nacimiento del Niño Dios!—le gritó su mejor amiga, Cecilia. Cecilia levantó a Maritza de un tirón y fueron corriendo hasta un grupo de personas que cantaba villancicos delante de la casa de los Lupa. Las dos niñas llegaron a tiempo de cantar la última estrofa de "Noche de Paz". El señor y la señora Lupa invitaron a los cantores a entrar para obsequiarlos.

—Qué suerte tienes, Maritza—le susurró Cecilia.—Ahora podemos ver lo bonito que está la mesa del nacimiento de ellos sin que parezcamos espías—Maritza le guiñó a su amiga y entraron.

Un golpe seco despertó a Maritza. El avión rebotó una

segunda vez en la pista de aterrizaje. Maritza Cuenca estaba en los Estados Unidos. Nunca había visto tanta gente dentro de un sitio como la multitud que esperaba la llegada de los pasajeros dentro del Aeropuerto Kennedy. Un viejo bondadoso de un pueblito cercano a Alausi ayudó a Maritza a pasar el Departamento de Aduanas de los Estados Unidos, y luego, llevándola del brazo, la condujo a la zona de los equipajes. Fue allí frente a un inmenso cinturón eléctrico lleno de valijas que como un tíovivo daba vueltas en el centro de la habitación, donde Maritza divisó a sus padres. Ella gritó, agitó los brazos locamente, como alguien que se está ahogando, y corrió hasta chocar contra el suave y redondo vientre de su madre.

La familia recién reunida anduvo hasta el estacionamiento del aereopuerto. Los tres no podían hablar porque cada uno sollozaba de alegría.

Cuando se acercaron a un coche grande y rojo, Maritza rompió el silencio:

—¿Es éste tu coche, Papi? El padre dijo que sí con un movimiento de su cabeza. Ella se subió al asiento trasero, acariciando cuidadosamente con los dedos el vinilo negro y liso. Se sentía tan orgullosa de ser dueña de un automóvil que sus lágrimas se secaron y se rio. No podía esperar para contarle a su abuela y a sus amigos en Alausi de su buena fortuna.

Durante el viaje de tres horas a su nuevo hogar en Union City, New Jersey, los padres de Maritza, en el asiento delantero, se volvían, la miraban a los ojos y le decían:

—Maritza, la Navidad será dentro de dos días pero nosotros no podemos, eh, eh . . . Ni uno ni el otro terminaba la frase. En vez de eso, se miraban, se movían inquietos y sacudían la cabeza.

Casi todo el viaje se hizo en silencio. Maritza se excitaba ante las imágenes que pasaban ante sus ojos y que eran más interesantes que películas que había visto en su vida: automóviles de formas extrañas y pintorescas, edificios gigantescos, carreteras enormes atestadas de automóviles solamente, carreteras construidas sin una vía para los peatones, cabezas rubias que pasaban volando en los otros automóviles, aereoplanos y helicópteros que rugían más arriba.

Cuando la familia Cuenca vino a llegar a su apartamento en Union City, Maritza se había quedado dormida en el asiento trasero. Su madre tomó la pesada valija mientras que su padre levantó suavemente a la niñita, le tocó con su suave barba la mejilla y la besó en la nariz al entrar a su apartamento en el sexto piso.

El beso despertó a Maritza. Abrió los ojos y los levantó sonriéndose:

—Ay, papi,—ronroneó como un gatito. Cerró los ojos nuevamente volviendo a su sueño profundo y satisfecho de trotamundos.

A la mañana siguiente rayos de una luz gris le nublaron la vista. Saltó de la cama, se frotó los ojos, y fue saltando hasta la ventana. La gente allá abajo parecía tan pequeña como muñecas y el verlas hizo reír a Maritza. Se sentía como si fuese ella la reina de la Gente Pequeña porque sabía que todos tendrían que mirarla con respeto si querían hablarle.

Recordó que era el día de Nochebuena y esto la hizo reír y exclamar:

—¡Oigan, ustedes allá abajo! ¡Feliz Navidad! ¡Feliz Navidad!

Un hombre calvo que llevaba una flauta larga de pan levantó la vista hacia Maritza y la saludó con la mano. La Reina de la Gente Pequeña le hizo una reverencia bajando la cabeza.

Maritza se dirigió corriendo al cuarto próximo donde su madre estaba sentada en una silla de un color morado vivo pegándole los bolsillos a unas camisas. Montones de camisas y montones de bolsillos estaban cuidadosamente colocados frente a la silla, y nuevamente Maritza pensó en una reina. Su madre parecía una reina en su trono, rodeada de sus pequeños vasallos. Maritza se imaginó que su madre, la Reina, levantaba a dos de sus vasallos pero que en vez de coserlos lo que hacía en realidad era celebrar los matrimonios de su reino, casando dos pedazos de tela más pequeños a los más grandes.

Su madre notó que Maritza la observaba, así que se sonrió, echó a un lado la costura y extendió los brazos. Maritza corrió a meterse entre los fuertes brazos y se rio cuando éstos le estrecharon la cintura. Fue el abrazo más largo que recibiera Maritza en su vida. Cuando el abrazo cedió, la madre le preguntó si tenía hambre. Maritza sacudió la cabeza.

—¿Qué estás haciendo, Mami?

—Ganando dinero.

—¿Dónde está Papi?

—En el trabajo. Trabaja en una panadería y tiene que salir cuando el cielo todavía está oscuro.

Maritza se bajó del regazo de su madre y encendió el televisor. De súbito, un chasquido y muchos puntitos se convirtieron en la imagen a colores de un hombre que hablaba un idioma curioso. Maritza cambió los canales, riéndose de las distintas imágenes que acompañaban cada golpe del botón.

—Deja que yo le cuente a Cecilia esto—pensó Maritza. Pero el recordar a su mejor amiga le dio nostalgia, y la inmensa fotografía enmarcada de su abuela que colgaba sobre la pared detrás del televisor la puso todavía más triste. En el retrato, su abuela parecía diferente, más jóven, pero la sonrisa bondadosa de los labios era exactamente la misma.

Maritza sacudió la cabeza de un lado a otro hasta que se mareó tanto que todos los pensamientos se le desaparecieron de la mente.

—Mami, esta noche es Nochebuena y el Niño Jesús va a traer regalos a nuestro hogar. No puedo esperar.

La madre de la niña tomó las manos de su hija entre las suyas y se sonrió tristemente.

—Maritza, siento tener que decirte esto, especialmente en

la víspera de la celebración del nacimiento de Nuestro Señor, pero no tenemos para unas Navidades con los regalos, con las decoraciones o con la fiesta que hubiéramos tenido en el Ecuador. Tu padre y yo hemos gastado gran parte de nuestros ahorros en tu pasaje, porque pensamos que lo mejor que podíamos lograr estas Pascuas era tener a nuestra familia reunida. También, bonita, vas a tener un hermoso hermanito o hermanita que vendrá a visitarte y te acompañará en unos tres meses más o menos. Todo nuestro dinero está destinado al gasto de traer una nueva vida a nuestra familia. Yo veo en tu mirada que te duele, hija. Hay mucho dolor en mi corazón. Por favor, por favor, trata de comprender que a tu padre y a mí nos hace muy desdichados el tener que decirte estas cosas. Lo siento. Recemos para que la alegría de nuestra reunión sea más importante que un montón de regalos o una gran fiesta.

Maritza le sonrió a su madre y le dijo que no le importaba tener una gran fiesta de Navidad, pero eran las palabras de una mentirosa.

Maritza se creyó malvada porque, aunque se sentía contenta de estar con sus padres en su nuevo hogar en el nuevo país, deseaba que su pasaje hubiera estado marcado con una fecha después de la de Navidad, de manera que ella no hubiera tenido que perderse de las maravillosas fiestas ecuatorianas. La alegre música, la deliciosa cena de Navidad de su abuela y los juguetes hechos a mano los tenía clavados en la mente y no importaba lo fuerte que sacudiera la cabeza y lo que se mareara que no podía borrar estos maravillosos recuerdos.

Maritza le pidió permiso a su madre para salir. Ella accedió con tal que Maritza jugara frente al edificio donde ella pudiera vigilarla.

Maritza se sentó en el quicio de la entrada observando a la gente pasar apurada. Se sentía decepcionada de no ver a ningún americano. Ella esperaba ver cientos de personas rubias y de ojos azules. Los únicos rubios que se veía pasar eran unas pocas mujeres hispanas. Maritza se sorprendió hasta que notó que el cabello de estas mujeres tenía las raíces oscuras. Se dio cuenta que ellas se teñían el pelo.

—La gente aquí es tonta—se dijo a sí misma susurrando.

Una niña más alta que Maritza bajó saltando las escaleras. Se detuvo cuando llegó al escalón donde Maritza estaba sentada. Maritza se sonrió. La niña le habló a Maritza en un idioma extraño. Maritza encogió los hombros, sacudiendo la cabeza. La niña le habló en español.

—¿Tú eres la que se mudó con los Cuenca en el 6E?

Maritza se sorprendió de la confianza de la niña.—Sí, el señor y la señora Cuenca son mis padres.

—¿Qué es eso de "señor"? ¿Cómo te llamas?

Maritza no quería hablarle a una niña tan fresca.

—¿Por qué hablas de mis padres con tanta falta de respeto? Yo no me referiría a tus padres en términos tan vulgares.

—¡Términos vulgares! ¿De qué estás hablando?

—¿Es que no tienes buenos modales? Debes de usar una forma de hablar más respetuosa cuando hables de personas mayores que no te son conocidas.

La chica sacudió la cabeza con incredulidad.

—Eres extraña. Yo veo a tus padres constantemente. Todo el mundo sabe de todo el mundo en este edificio. ¿Qué es todo este lío? Deja de hacerte la importante. Yo me llamo María.

—Hola, María.

—Hola. ¿Cuál es tu nombre?

—Maritza Cuenca.

—¿Cómo estás, Maritza? Yo tengo una tía en Cuba que se llama Maritza.

—¿Cuba? ¿Cuánto tiempo hace que vives en los Estados Unidos?—preguntó Maritza.

—Yo nací aquí. Soy americana.

—Ya sé por qué hablas tan mal el español.

María sacudió la cabeza.

—Oye, a mí me encanta la Nochebuena, ¿a ti no?
Maritza dijo que sí con la cabeza y se sonrió.
—¿Has vivido en un *tepee*?
—¿En qué?
—Un *tepee*. Tú sabes, un *tepee*. Mi madre dice que la gente del Ecuador son todos indios. Debe ser divertido vivir en uno. ¿Es verdad?
Maritza se rascó la cabeza.
—Yo no sé de lo que estás hablando. Yo tengo sangre india. Es una sangre muy buena de una gente muy antigua.
María se sentó en el quicio al lado de Maritza.
—Debe ser de lo más asustadizo vivir en la selva, ¿eh? Cuéntame, Maritza. Es decir, ¿a qué saben las culebras? ¿Y los cocodrilos? A mí me encantan los cocodrilos. ¿Viniste en barco? ¿Alguién te ha tirado con flechas alguna vez? ¿Me puedes enseñar cómo hacer fuego?
Maritza se ruborizó.
—Estás loca. Yo vivía en las montañas.
—Mentirosa. Mi madre me dijo que los indios como tú vienen de la selva.
—Entonces tu madre es una mentirosa.
Maritza le dio la espalda a la chica y subió corriendo las escaleras hasta su apartamento. Sentía vergüenza de haber insultado a la madre de la niña. Maritza quería hablarle a su propia madre de lo que había pasado pero se sentía muy avergonzada.
Cuando el padre de Maritza regresó del trabajo, los tres comieron la cena de Nochebuena en un lugar grande donde vendían hamburguesas. Maritza nunca había visto un McDonald's y el olor de la manteca y los ruidosos gritos de los niños hambrientos le parecieron excitantes.
Después que los Cuenca cenaron, caminaron al estacionamiento donde un hombre gordo de sonrisa abierta vendía árboles de Navidad. El señor Cuenca compró un árbol pequeñito.

—Hemos invitado a algunos amigos a pasar por casa esta noche, Maritza—le dijo su madre.—Nos van a ayudar a decorar el árbol y a darte la bienvenida a tu nuevo país.

Algunos amigos ecuatorianos y sus niños se reunieron con ellos esa noche. Le trajeron regalos de Navidad a Maritza, botas rojas impermeables, gruesos pantalones de lana, y algunos juguetes de plástico en sus envases. Los padres de Maritza le regalaron la muñeca más grande que jamás hubiera visto en su vida.

Era buena gente, pero Maritza se sintió decepcionada de que los niños fueran mucho más chicos que ella. Fue divertido decorar el árbol. Todos cantaron hermosos villancicos del Ecuador. Fue una velada tranquila y callada.

—Unas Navidades americanas,—dijo su padre con orgullo.

A la medianoche todos fueron a misa. Cuando regresaron, miraron la televisión un rato, dijeron una oración de Navidad y se acostaron.

—Unas Navidades americanas—repitió Maritza mientras se tapaba hasta la barbilla con las cobijas. Toda la noche se la había pasado riendo y sonriendo para que sus padres no supieran la tristeza que llevaba en el corazón. Murmuraba— Abuelita, Abuelita, el baile se ha muerto—llorando calladamente hasta que se quedó dormida sobre la almohada mojada.

La mañana de Navidad, Maritza se despertó temprano. Se quedó en la cama sintiendo pena por sí misma. Se imaginaba las escenas divertidas y alegres que estarían teniendo lugar en el Ecuador en ese momento, y se sintió miserablemente mal.

Finalmente, Maritza se levantó de la cama y se puso la bata de casa. Fue entonces que notó un brillo extraño en su habitación. Era una luz brillante y pura que se pegaba a cada pulgada del pequeño cuarto. Se despertó en Maritza la curiosidad de saber de dónde venía esta luz angelical. Nunca había visto nada parecido, ni siquiera en el cine.

Molesta e intrigada al no poder descubrir el radiante misterio, Maritza se dirigió a la ventana, abrió las cortinas, subió el visillo y vio la visión más maravillosa de su vida.

¡Nieve! ¡Nieve verdadera! ¡Estaba nevando! Millones de pequeños copos blancos bailaban grácilmente hacia el suelo y cubrían toda la tierra de una pelusa limpia y mágica.

Maritza estaba tan excitada que sacó los dos brazos a través de la barandilla de la ventana y atrapó con las manos el regalo de ensueños que venía flotando. Se le perdió en las manos, y los mismos poros de la piel parecían absorber la magia que venía esparciéndose desde el cielo. Maritza metió la cabeza entre los barrotes y sacó la lengua. Los blancos y cremosos copos le hicieron cosquillas y la hicieron reír.

Se metió de un salto en sus nuevos pantalones de lana, se calzó sus botas rojas brillantes y bajó corriendo los seis pisos de escaleras como si fuera una corredora de las Olimpiadas. Cuando estuvo afuera, saltó sobre las pilas sedosas y mojadas de nieve. Aunque sus padres no tenían mucho dinero, el Niño Jesús no se había olvidado de Maritza Cuenca después de todo. Le había hecho el regalo mejor del mundo, un regalo que la abuela, Cecilia y sus otros amigos de Alausi nunca recibirían. En ese momento sintió pena por ellos. ¡Nieve! ¡Nieve de verdad!

El día de Navidad, Maritza se lo pasó afuera hasta la hora de comer. Se tragó la comida sin masticar, aunque sus padres le advirtieron del peligro de comer tan de prisa, y volvió a correr afuera para jugar en la nieve suave. Su placer aumentó cuando otros niños se unieron al juego, de modo que, cuando una Maritza mojada se metió en la cama la noche de Navidad, podía contar que tenía siete amigos nuevos y una amiga vieja, María.

Franklyn P. Varela (trad. Sylvia C. Peña)

Tun-ta-ca-tun

El sol rompió el cielo matutino con un incendio de luz. El alba dió lugar al día; la luz de las estrellas se apagó con la luz del día. Otro día empezaba. Una gaviota gritaba al deslizarse sobre la arena blanca y el agua azul. Yuquiyú siguió el vuelo de la gaviota hasta que desapareció de vista. ¿Quién era Yuquiyú? Pues era el Creador, el Dios indígena que había creado el mundo.

La Madre Tierra era tan joven entonces que nada llevaba nombre propio. Una rosa sólo era un broto más entre un sinnúmero de flores. El gruñido de Jaguar ni siquiera inspiraba terror y se perdía en aquel mundo lleno de maravillas. Tiempo, el ladrón, no amenazaba el esplendor de la creación en lo que era en aquel entonces una época de gigantes y de magia. Aún así, Yuquiyú estaba preocupado.

"¿Qué será?" se preguntaba. Por fin se dio cuenta que no tenía un hogar. Ese era su pesar. Y así fue como les pidió a sus hijos, Boinael el Sol y Maroya la Luna, que le ayudaran a buscar un hogar.

Durante todo esto, el hombre era apenas un puñado de polvo. Así es que no hubo testigos del viaje de la Luna y el Sol, aunque aquí y allá se pueden encontrar indicios de su marcha por el cielo. Hoy día hay desiertos por el mundo. Y de eso tiene Boinael la culpa, pues fue su flamante antorcha de colores la que quemó el suelo de nuestro planeta. Maroya trató de ser más cuidadosa, pero su encanto por el agua causó que los maremotos reventaran sobre la tierra y así se formaron las montañas. El planeta sostuvo grandes cambios, pero ni Boinael ni Maroya podían encontrar un buen hogar como les había pedido su padre. Yuquiyú estaba agradecido de sus hijos y se fue a dar un paseo por las orillas del gran río.

*
Tun-ta-ca-tun
*

"Cu-cu-crí, cu-cu-crí, tun-man-dó," lloraban las voces del río. Yuquiyú estaba cansado y tenía sueño. Necesitaba descansar. Se detuvo un momento para escuchar las voces resonantes y enfocó su atención en un grillo que rascaba la bienvenida de 'kri-kri-krí' ".

—Mira—le dijo el grillo—he oído que andas en busca de un hogar y yo te puedo ayudar. Yo sé donde encontrar un árbol mágico. Si tú plantas una de sus semillas, allí se levantará una isla con un hogar para ti.

—¿Dónde?—le preguntó Yuquiyú,—puedo encontrar ese árbol mágico?

En voz baja el grillo le indicó donde se encontraba el lugar secreto, la isla de bambú y ruiseñores.

Escuchando esta conversación estaba un cuervo perspicaz. El cuervo pertenecía a Juracán, hermano de Yuquiyú, Señor de los huracanes, Dios de la Destrucción. Juracán vivía en una cueva infestada de murciélagos en una isla rodeada por un mar desencadenado. Allí se pasaba los días comiendo gusanos lanosos, sus ojos fijos en la oscuridad pensando en cómo podía hacerle daño a Yuquiyú.

Cuervo voló directamente a Juracán.

—¿Estás seguro?—le preguntó Juracán.—¿Estás seguro del árbol mágico?

El graznido resonante le contestó la pregunta.

*
Tun-ta-ca-tun
*

Juracán encontró la isla de bambú y ruiseñores mientras volaba sobre un siroco violento. Debería de estar contento al llegar a la isla antes que su hermano. Pero no lo estaba. Había malos sentimientos entre los dos hermanos desde que Atabex, madre de los dioses, escogió a Yuquiyú para terminar la labor de crear el universo. Juracán nunca pudo vencer su decepción.

Juracán encontró el árbol mágico en un valle pequeño. Una lechuza erizó las plumas y chilló su disgusto ante el intruso. Un pájaro subió de la alfombra verde de las copas de los árboles y dejó oír una advertencia. Una sorpresa desagradable le esperaba a Yuquiyú.

Juracán llevaba en el puño seis piedras rojas como la sangre. Las dejó caer una por una alrededor del árbol. Al pegar cada piedra sobre la tierra, estallaban con fuerza, soltando una bocanada de humo amarillo, y al disiparse aparecía un cienpiés grande parado, inmóvil como una lápida.—Ahora que se arrime mi hermano al árbol,—se dijo,—que lo intente si puede.

*

Tun-ta-ca-tun

*

Al día siguiente un delfín y su pasajero viajaron juntos sobre las olas. Yuquiyú era el pasajero; el delfín su caballo del mar. Juntos hicieron el viaje a la isla del bambú y ruiseñores. Ahora estaban frente a una bahía pequeña. Yuquiyú se bajó del delfín y nadó hacia la orilla.

Ya en tierra sintió que algo pasaba. Al acercarse al árbol mágico el ululato de una lechuza lo hizo detenerse a medio paso. Pero era muy tarde. Yuquiyú había caído en la trampa de Juracán. No había dónde correr. Los ciempiés lo tenían rodeado. Cuidadosamente Yuquiyú vio por todos lados en busca de algo con qué defenderse, pero sólo vio pedacitos de bambú sobre el suelo. Entonces, muy despacito, y sin pensarlo más, recogió un pedazo de bambú, y, ahuecando las manos, se lo arrimó a la boca y le dio aliento y vida. De pronto, sintió el aleto de alas, de algo que forcejeaba por su libertad. Yuquiyú abrió las manos y encontró un ruiseñor.

—Una canción,—le dijo. El ruiseñor voló hacia un árbol

cercano y empezó a cantar. Los ciempiés se distrajeron de momento. Esta era la oportunidad que Yuquiyú necesitaba. Corrió hacia el árbol mágico y cortó una quenepa. Un cuervo se molestó por lo que vio, dio un graznido y se echó al aire.

—Así es que me ha ganado,—gritó Juracán cuando el cuervo le dio la noticia.

Como Juracán era el Dios de los Huracanes, toda criatura grande o pequeña temía por su vida cuando andaba de mal humor. Con las malas noticias del cuervo, estaba enfurecido. ¿Y qué hizo? Del suelo de la cueva recogió un puñado de piedras y las trituró con las manos convirtiéndolas en polvo. Se fue a la boca de la cueva y sopló el polvo hacia el aire cálido de la noche. Allí se convirtió en un huracán.

*

Tun-ta-ca-tun

*

Una gaviota que andaba de pesca se detuvo un momento, sintió inquietud pero no hizo caso. Sólo la araña se escabulló de su telaraña en busca de seguridad en suelo más alto. Empezó a llover, despacio al principio y más fuerte después. Trueno susurró su advertencia de "Cuidado, cuidado." Pero nadie hizo caso.

Llegaron los vientos tan fuertes que se llevaron a los ciempiés lejos de allí. Aún Yuquiyú luchaba contra los vientos. Para salvarse a sí mismo y al ruiseñor, se lanzó sobre una ráfaga de viento, pero como un semental frenético, el viento doblaba y se torcía tratando de arrojar a su pasajero. Yuquiyú se mantuvo sobre el viento hasta que lo domó rompiéndole su cruel espíritu. Rescató a su compañero y se dirigieron a plantar la semilla mágica.

Volaron tan alto que la Madre Tierra se redujo a una gota de sereno. Aún desde esas alturas, Yuquiyú podía ver una cadena larga de islas. Las islas le gustaron tanto que decidió plantar su semilla mágica. La dejó caer y la vio desaparecer.

La quenepa se hundió muy adentro del mar hasta llegar a

descansar en un banco de caracoles. Entonces para el asombro de los peces curiosos, unas raíces empezaron a brotar, y no eran raíces cualesquiera, sino raíces con dedos de piedra cristalina. Un brote de piedra se desprendió de la verde cáscara torciéndose y volteando muy despacio. Un tallo de basalto llevó el brote hasta la superficie donde los pétalos de mármol se abrieron, en flor, uno por uno. La flor se convirtió en isla, llenando el vacío que las tortugas antes compartían con los delfines.

*

Tun-ta-ca-tun

*

La isla era hermosa, pero desprovista del tun-tun-tun de los animales. El ruiseñor, sintiendo el silencio, reventó en canción: le-lo-lai, le-lo-lai. Su música, resonando aquí, flotando allá, parando en los árboles, contenía un secreto. Una nota C-aguda, bailando entre las corrientes de aire, se pescó en un tallo de bambú. Un huevo musical se rompió y de allí saltó una iguana. Isla de paz, isla de abundancia.

Yuquiyú, inspirado por la música, hizo aparecer la magia de un arcoiris. Por fin su espíritu estaba en paz. Por fin tenía un lugar suyo, un hogar.

Borikén,
Borinquen,
Puerto Rico

*

Tun-ta-ca-tun

Sylvia C. Peña

El Regalo del Estrómbido

Una noche cálida de pleno verano, un caracol marino se estremeció de asombro al sentir la fuerza de una corriente inesperada. Este caracol, que vivía en el fondo del mar, solía pasarse los días a paso tan lento que a veces hasta ni se daba cuenta qué día era. Y no es que fuera perezoso, sino que este caracol llevaba una concha tan pesada que no era nada fácil cargarla día tras día. Hay que tomar en cuenta que este caracol era de la familia de los estrómbidos y podría decirse que su concha era una verdadera mansión para él, puesto que no era nada fea y era de buen tamaño. O sea, no era enorme pero tampoco era pequeñita como la de los nerítidos que vivían más a la orilla del mar en aguas pacíficas.

La parte inferior de la abertura de la concha del estrómbidso era de un color de rosa y era casi blanco en la orilla. Esta parte de la concha era tan lisa que hasta resplandecía cuando le pegaban los rayos de luz.

El estrómbido estaba muy orgulloso de su concha. Se había esforzado por cuidarse bien de las rocas que había en el fondo del mar. Nunca jugaba a las maromas ni a las escondidas, pues no era necesario tomar tanto riesgo cuando consideraba que su concha no solamente le servía de hogar sino de defensa también. Había un sinnúmero de caracoles, cangrejos y peces que eran sus enemigos. El argonauta, por ejemplo, era un caracol tan feo que se ponía verde de envidia cuando divisaba un estrómbido.

Los cangrejos, por otra parte, eran muy peleoneros y con sus pinzas puntiagudas eran capaces de cortar la trompa del estrómbido o uno de los dos cuernos carnosos que terminaban en ojos. El cangrejo parecía deleitarse en dejar un mar lleno de caracoles ciegos y por eso los perseguía como si fuera tijera marina.

Los estrómbidos se comentaban entre sí que los cangrejos habían llegado a ser tan infelices porque los pescadores no los dejaban en paz. Tanto gustaban al hombre que se enrabiaban de verse perseguidos día y noche para las sopas y cenas de los humanos hambrientos.

Los hombres también comían a los estrómbidos, pero era mucho más difícil hacer que este animal soltara su concha y por eso muchos pescadores los volvían a echar al mar cuando se los encontraban en sus redes.

Este día, el caracol se dio cuenta que las cosas no iban nada bien. Sentía golpes y la sensación de que iba rodando en el suelo marino. Jamás había sentido una corriente tan fuerte. Aunque su concha calcárea era bastante gruesa y no fácil de penetrar, el estrómbido sabía que sí era posible romperse. Y había visto con mucha pena a algunos de los otros caracoles sufrir una muerte horrible al verse despojados de su concha protectora. Por eso temía tanto los golpes que sentía. El mar había sido su único hogar. Las otras criaturas marinas habían sido a veces sus compañeros en los juegos que ellos mismos inventaban para pasar el tiempo. Otras veces se veían como adversarios cuando hacía mal tiempo o especialmente cuando disminuían las algas y otras plantas que crecen en el fondo del mar y que les sirven de alimento.

Le parecía que el mar estaba en revolución. Sentía más y más las fuertes corrientes que lo hacían rodar en quién sabe qué dirección. De vez en cuando sentía la presencia de otro ser marino, pero no se atrevía a asomarse de su concha y exponerse al peligro inesperado. Con cada golpe qué sentía, se recogía más y más en su concha sin lograr controlar el terrible miedo que lo invadía. Así mismo, se sentía cada vez más cansado por la tensión que lo hacía encogerse en su concha. Y lo peor era que el agua que antes le daba vida y le acariciaba el cuerpo, ahora la sentía pesada y granosa. Esto le empezaba a causar molestia. Los pequeñitos granos de arena eran como vidrio que le irritaban toda la piel y en especial las partes más sensibles como los ojos.

Con esta sensación que rápidamente se convertía en pleno dolor, el estrómbido empezaba a reventar de angustia y terror. Ya no aguantaba su concha ni el no saber qué era lo que le estaba pasando. Tenía que hacer algo. ¿Pero qué? Si no salía de su escondite, su concha, no iba a poder contener el dolor que el agua arenosa le causaba. Y si salía, temía no poder aguantar la fuerza de las corrientes y quién sabe qué otros peligros.

Su indecisión pronto se convirtió en horror. Se sintió lanzado con una fuerza que jamás había sentido. Además, le parecía ahogarse por la espuma y arena que ahora invadían hasta el último rincón de la concha. No aguantaba más como lo iba raspando la arena contra las paredes de su propia concha. Era como si lo estuvieran moliendo y picando sin cesar. Y no encontraba la manera de echar fuera el agua espumosa ni la arena. Ni mucho menos anclarse de alguna manera en el suelo del mar para dejar de rodar. Hasta le parecía que iba quedando ciego, pues tan irritados tenía los ojos que casi no podía ver su propio escondite.

En esto, sintió desvanecerse con la fuerza de otra ola potente y del agua tan cálida como nunca había sentido. Esto sí lo hizo irizarse de temor. No era de los caracoles que podía aguantar el agua tan caliente. Le iba faltando oxígeno, y con ello la fuerza para resistir estos asaltos.

De repente dejó de sentir el agua y las olas. Tuvo que soltarse y empezar a salirse de la concha. Ya no podía hacer menos. Sin el agua no podía sobrevivir y por eso su reacción fue automática.

Al sacar a la cabeza de la concha sintió el viento cálido y los rayos aún más calientes del sol. Esto tampoco lo había sentido en el fondo del mar. La arena de la playa también estaba caliente y le quemaba el pie y la trompa con que trataba de investigar su alrededor. Al ratito, empezó a sentirse bastante incómodo, no sólo por la falta de oxígeno que extraía del agua que ahora le faltaba, sino por los rayos calientísimos que aumentaban el dolor ocasionado por la arena.

El pobrecito estrómbido tanto sufría que apenas se podía mover. Ahora sí que su concha había llegado a ser una desventaja. Tanto le pesaba y tan débil se sentía de los trastornos que sufrió en el mar que ya no se podía mover. No estaba muy lejos de la orilla del mar pero no tenía las fuerzas para arrastrarse hacía el agua. El pavor lo dominaba tanto que ni le parecía sentir el dolor físico que lo agobiaba. ¿Qué sería de él? ¿Cómo podría salvarse? ¿Sería éste su fin?

Desalentado y completamente agotado, el pobre caracol lloraba por el peso de su preciosa concha, que era para él ahora una prisión. Sin aliento y fuerza era en vano tratar de arrimarse al agua. Hasta parecía que las gaviotas y los fastidiosos cangrejos reconocían el olor de la muerte. Las gaviotas al volar sobre él y mantenerse suspendidas en el aire le daban un poco de consolación. Con sus alas extendidas le servían de parasol y así por un ratito lo protegían del sol. Los cangrejos, en cambio, empezaban a picotearlo, pues solían ser los primeros en apoderarse de las conchas, ya muerto el caracol.

En esto sintió aún más la frescura de una sombra de algo que se le había arrimado. El pavor lo volvió hacerse estremecer al verse levantado al aire y sin sentir la tierra a sus pies. No supo qué hacer, pero con las pocas fuerzas que le quedaban se encogió en la concha. No pudo aguantar. La falta de aliento y el dolor que producía la arena que envolvía todas las paredes del interior de la concha lo hicieron salir.

Una niña que caminaba por la playa con su padre se había encontrado al estrómbido y lo contemplaba con admiración. Tenía ya una pequeña colección de conchas marinas y ésta era un verdadero hallazgo, pues los estrómbido no salían a las playas con frecuencia. Al ponerlo otra vez sobre la arena, se le abrieron los ojos de asombro al ver al caracol asomarse por su abertura. Su padre pronto se dio cuenta que el animal no iba a sobrevivir y al decírselo a la niña sintió de inmediato la pena que esta noticia le causó. Grandes lágrimas le llenaron los ojos a la niña y tuvo que suprimir el llanto que también le llenaba su pequeño pecho. Sabía bien que su papá le podía ayudar a preparar el caracol para su colección. Ya lo habían discutido antes.

  El proceso consistía en amarrar una cuerda de la pata del animal y colgarlo patas arriba de manera que con el tiempo el caracol se despegara de la concha. Esto sí que la niña no pedía hacer, pues le parecía horrible pensar que tenía que ahorcarlo para poder poner la concha en su colección. Cada vez que pensaba en ello sentía que le faltaba la respiración y le parecía sentir la soga sobre su propio cuello.

  Otra manera de preparar la concha era ponerla con el caracol en un envase lleno de alcohol. Por la falta de oxígeno el animal por fin moriría y se soltaría de la concha que, al lavarla con mucho cuidado, dejaría de oler feo. Así se podría mantener en cualquier lugar para admiración de todos.

  Pero ni esto aguantaba la niña. Tener que ahogar al pobre caracol le parecía tan horrible como tener que ahorcarlo.

  La niña no sabía qué hacer, si dejar al estrómbido allí mismo o llevárselo consigo y hacer lo que su papá le había enseñado. Levantó el caracol de nuevo y su asombro fue aún mayor que antes al ver que el caracol había abandonado su concha. Parecía haber sentido el dolor y el dilema de la niña y él mismo se había decidido a dejar su concha. Aún su padre estaba asombrado. Allí en la arena, el estrómbido dio el último suspiro y le dejó su concha a la niña. Y fue allí mismo, en la mera orilla de la playa, donde las olas bañan las cálidas arenas, que el padre y la niña cavaron un hoyo donde enterraron al caracol de manera que ni los cangrejos fueran a molestar su sueño eterno.

  La concha del estrómbido fue a dar en la repisa de la ventana en el cuarto de la niña. Todas las mañanas al levantarse, lo primero que hacía era acariciar la concha. Se la ponía al oído donde le parecía oír las olas del mar que le hacían recordar aquel día, cuando el huracán con las violentas corrientes había lanzado al estrómbido sobre la playa. Y así también por las noches, la niña se dormía con la visión del mar y la suave música que le llenaba los ojos de sueño. El regalo del estrómbido la acompañaba todas las noches y por eso su sueño era siempre tranquilo y pacífico.

Alberto y Patricia De La Fuente
(trad. Sylvia C. Peña)

El Sol-Beso: Una Leyenda Indígena

Hace mucho tiempo, en el mero corazón de los viejos bosques mexicanos, tan lejos del mar que ni siquiera los pájaros más grandes tenían el tiempo de volar muy lejos, había un valle pequeño y hermoso. Una larga cadena de montañas cubiertas de nieve se mantenían entre el valle y el mar. En la vertiente este del valle, las praderas sonrientes se juntaban de mano haciendo un semicírculo para saludar al Sol muy de mañana y demostrarle como llenar del color de flores silvestres y cesped verde. Cada día las montañas eran las primeras en anunciar a todos que Tonatiuh, el Rey de la Luz, estaba por llegar al valle. Las praderas veían las cimas de las montañas que rompían el cielo con luz blanca y extendían sus faldas floridas al Sol.

—¡Buenos días, Tonatiuh!—gritó una pradera pequeña.

—¡Apresúrate y mándanos calor y luz!—cantaron todas las rosas silvestres a la orilla del río.

Tonatiuh siempre sonreía cuando llegaba al valle. Su tarea favorita era besar las flores silvestres en el prado. Pero antes besaba a todos los pájaros sentaditos en las ramas más altas de los árboles donde esperaban la llegada de su amigo dorado para cantarle: "¡Qué felices y calientitos nos sentimos ahora!"

Entonces Tonatiuh bajaba lenta y cuidadosamente para besar a los pajaritos recién nacidos que no podían sentarse en las ramas más altas porque eran muy pequeñitos. Como ya se sabe, entre más alto sube uno, más vértigo puede sufrir, y no hay para qué sufrir de vértigo a medianoche y correr el peligro de caerse de la rama y pasar toda la noche temblando de frío con las patas en un charco de agua.

Después de que Tonatiuh había expuesto su brillante nariz amarilla a las montañas, y saludado a los grande árboles que vivían a la orilla del río verde, y besado a cada uno de los pajaritos dormilones, se estrechaba y bostezaba por uno o dos segundos para estar bien despierto para lo que le esperaba. Todos los que ya habían despertado para entonces celebraban a carcajadas el bostezo del Sol. Tonatiuh, que se apasionaba de ver a todo el mundo feliz, los acompañaba en su alegría.

Para entonces Tonatiuh ya había visitado las laderas de las montañas, calentado la nieve y mandado frescas corrientes de agua al río, para que todos los pueblos de peces, grandes y pequeños, se lavaran la cara.

—¡Aquí viene el agua fresca muy puntual!—gritó el guardián nocturno, una perca cuyos párpados se cerraban de sueño, ya que habían pasado toda la noche en vela para que nadie se desviara en la oscuridad, en particular los pececitos recién nacidos que de vez en cuando se desviaban en su sueño y se dejaban llevar por la corriente lejos de su río-hogar.

—¡Es tiempo de lavarse la cara y peinarse las aletas!—gritó el guardián nocturno, pues ésta era su última exclamación cada mañana antes de caer bien dormido al terminar su largo turno.

Todos los pájaros bajaban de los grandes árboles para lavarse la cara, los ojos y sus sedosas plumas a la orilla del río. A la vez les gustaba beberse unas gotitas de agua fresca antes de desayunar.

En su camino hacia abajo por las laderas de la montaña, Tonatiuh saludó a las cabras de pelo largo estirándoles la barba (para eso sirven las barbas) y les acarició la cabeza entre las orejas largas, les calentó los cuernos puntiagudos y torcidos que se ponen tan fríos por la noche. En respuesta, todas las cabras se gritaban la una a la otra: "Salta, salta, salta, salta!" porque es todo lo que hacen además de comer mucha hierba.

Más abajo en las laderas cubiertas de nieve, Tonatiuh se puso a buscar a los cabritos. Apenas les había calentado su lana rizada, los cabritos empezaron a bailar y a saltar en las piedras y hierba alta para demostrarle a su viejo amigo Tonatiuh, que hacía crecer la hierba dulce y derretir la nieve en el río, lo feliz que estaban de verle de nuevo.

—¡Viva el nuevo día!—gritó uno alegremente.

—Come tu desayuno-hierba—le advirtió su mamá cabra.

Después de eso, era tiempo de que los árboles bebieran algo. Las cabras también beberían, así como los cabritos, y hasta el cabrito recién nacido acercaría el hocico en el agua tranquila del río.

Ya todo empezaba a calentarse y Tonatiuh decidió dar pasos ligeros para no despertar tantas flores silvestres que todavía dormían tranquilamente con sus cabecitas escondidas en una almohada de hojas, y no las quería despertar repentinamente y echarles a perder el día. De modo que Tonatiuh caminó suavemente entre las flores, y la verdad es que ésta era la parte más importante del día como ya se verá.

Las flores silvestres siempre empezaban su fresco y nuevo día con el beso dorado de luz de Tonatiuh, pero era preciso primero lavarse sus caritas dormidas con el rocío que Metztli, la Luna, había regado de su cubo sobre las hojas durante la noche.

A Metztli nunca se le olvidaba hacer este deber, puesto que era de mucha importancia para las flores, como ya se vería. Además, Tonatiuh solía divertirse viendo su reflejo en cada gotita de rocío y Metztli bien sabía esto. Se pasaba toda la noche paseándose por campos nocturnos recitando, ". . . y unas cuantas gotas aquí . . . y otras cuantas allá. Que no se me pase nadie!" Y así toda la noche, Metztli Luna se paseaba por los campos nocturnos asegurándose de que para la madrugada todas las flores habrían recibido el rocío mágico que las mantendría bellas durante todo el día.

No obstante, aunque las flores querían lucir bellas todo el tiempo que fuera posible, también querían ser felices. Por eso cada mañana Tonatiuh mismo le daba a cada una un beso dorado tan fuerte que las dejaba felices por todo el día entero.

Como ahora se comprenderá, una flor tiene que sentirse bella en primer lugar, pero si no se siente así, no estará lista para su beso dorado. Si no se puede lavar su carita con el rocío mágico, todo el día estará echado a perder.

Ahora, que se sobreentiende como las flores se sienten a la vez bellas y felices, querrás el cuento verdadero de una linda florecita que se llamaba Margarita. Un día de verano, Margarita despertó como de costumbre un poco después de que Madre Metztli había terminado de regar su rocío de su cubo ya casi vacío. Se estrechó, bostezó y miró a la derecha y la izquierda buscando su gotita de rocío. ¡Pero no la veía por ningún lado! Durante la noche se le había caído de la hoja y la Tierra se la había bebido.

Margarita estaba muy preocupada... y te lo digo en serio.

"Si no me lavo mi carita morena," pensaba, "no me podré presentar ante el Padre Tonatiuh y no me besará. Y si no me besa, no seré feliz, porque como ya se sabe, todas necesitamos un beso de Tonatiuh para ser felices.

Tonatiuh mismo ya andaba en busca de Margarita porque adoraba su carita morena y delicada que bebía su luz dorada todas las mañanas. Pero no la veía por ningún lado.

Margarita ahora sí que estaba preocupada. A sus hermanas flores que estaban más cerca les pidió prestadas unas gotitas de rocío, pero lo único que logró fueron palabras bondadosas.

—Ya me tomé todo el rocío,—le dijo una.

—No había mucho para nosotros tampoco,—dijo una madreselva enredada de un sauce joven.

Hasta las nomeolivdes, que jamás se olvidan de alguien, tuvieron que confesar que no la podían ayudar.

—Lo sentimos mucho, Margarita morena,—le dijeron.— No nos quedó rocío, pero anunciaremos tu petición."

Mientras tanto, el buen Tonatiuh siguió su ascenso porque como ya todos saben, él tenía cierto tiempo para hacer su visita en la Tierra y nada más. Para cruzar las altas, altas montañas que bordeaban el hermoso valle y para llegar al mar ancho y azul que le canta al Sol con su espuma y sus olas, Tonatiuh tenía que seguir su camino a un paso continuo.

En su camino por el cielo, Tonatiuh se detenía con frecuencia para besar todas las flores grandes y chicas para hacerlas feliz . . . a todas menos a Margarita, que todavía no se había lavado su carita morena. De vez en cuando Tonatiuh daba la vuelta para ver si divisaba a Margarita pero no podía mirar hacia atrás tanto porque tenía que ver para adonde iba.

El pobre de Tonatiuh extrañaba mucho a Margarita y no se podía imaginar qué era lo que le pasaba.

Como es de imaginarse, para entonces ya Margarita estaba bastante afligida. Sin embargo, se decidió no dejar de tener esperanzas.

—¿Qué haré ahora?— Pensó y cerró los ojitos por un rato.

—Tal vez pueda seguir a Tonatiuh, recoger rocío por el camino, lavarme la cara y encontrarlo al otro lado de la montaña antes de que se meta al mar por la tarde. ¡Sí, ésa es mi única salvación!"

Ya que se decidió lo que debía hacer, no vaciló. Pero antes, se despidió de todas sus hermanas-flores. Algunas querían saber por qué Margarita se iba del valle hermoso.

—Si te quedas,—le dijeron los guisantes de olor,—te dejamos participar en nuestros juegos locos.

Margarita no pudo más que suspirar y decir:—No puedo ser feliz sin el beso dorado y todo lo que necesito es ser feliz.

Nadie sabía qué responder porque todos sabían bien que tenía razón. Una nomeolvides se atrevió a decir,—No nos olvides, Margarita, aquí estaremos esperándote.

El Rey Río, que se pasaba todo el día jugando con las burbujas y platicando con los peces, había recibido la noticia de Margarita porque las campanillas, que se pasan el día hablando de los demás se la habían dado a una trucha joven.

—¿Supiste lo que pasó hoy?—le preguntó una de ellas a la

trucha joven.

—Margarita se nos va—intervino otra.

—Sí, no recibió su beso dorado esta mañana—anadió aún otra.

Ahora esta trucha joven que había oído la noticia de Margarita de las campanillas era una trucha poetisa que viajaba río arriba y río abajo haciendo a los demás peces felices con sus poemas y cuentos. Se llamaba Lala y después de Tonatiuh, ella era la criatura más popular en ese hermoso valle. Todas las flores, los pueblos de pájaros, los árboles, las cabras, las ovejas y su propio pueblo de truchas la querían mucho.

Lala siempre se la pasaba cantando los versos que ella misma componía y era una maravilla oír lo bien que cantaba debajo del agua, porque como ya se sabe, el agua mejora cualquier sonido y en especial la voz al cantar.

Lo asombroso era que Lala siempre rehusaba cantar sus poemas en público porque ella cantaba solamente cuando estaba de humor para cantar. Ella prefería nadar por entre dos rocas y soltar un verso como este:

Fiebre, sol-fiebre, sol-beso

y todo el pueblo de truchas escuchaba y se repetía:

¿¿Fiebre, sol-fiebre, sol beso??

Pero Lala seguía nadando, parpadeaba con sus largas pestañas y decía otro verso como el siguiente:

Feliz beso, feliz beso, sol-beso.

Y otra vez, todo el pueblo de truchas repetía este verso como el primero:

¿¿Felizbeso, felizbeso, sol-beso??

y esperaba otra vez a Lala, que entonces cantaba:

¡¡Margarita, Lolita, Beatriz!!

Entonces, en un arrebato de alegría, Lala saltaba del río al aire matutino y de vuelta al agua seguida de todos los pueblos de truchas del río. Y así entrando y saliendo del agua nadaban por el río, cantando la canción nueva y bailando locamente hasta que el mismo Rey Río, dándose cuenta de que sería una fiesta, decidió investigar. Así que envió a su Ministro Noticiero, un oscuro bagro del fondo del río, para determinar qué era lo que pasaba con el pueblo de truchas.

El Ministro Noticiero regresó en seguida, agitando los pelos de la barba con consternación.

—Hay una emergencia en tierra firme, Su Majestad,—tartamudeó.—Margarita se nos va en busca de Tonatiuh, y todos los pueblos del río estan agitados.

El Rey Río inmediatamente llamó a su Secretario. Un salmón moteado que parecía eficiente con sus lentes gruesos y aros grandes apareció de detrás de una roca y susurró—En qué puedo servirle, Su Majestad?

—Tengo un mensaje urgente para Margarita,—dijo el Rey-Río.—Puede venir a la Orilla Oriental y tomar ventaja del rocío almacenado en los Helechos Reales de mis Riberas. Después de eso, puede disfrutar de un viaje al mar, o cualquier lugar que ella escoja, en uno de los Hoja-Barcos Río Real.

—¿Algo más, Su Majestad?—preguntó el Salmón Secretario, echando una gran burbuja porque había estado fuera del agua cantando con el gentío celebrando la poesía de Lala.

—Sí,—contestó el Rey Río.—Avísale en seguida por medio de las Campanillas Reales.

—Sí, señor,—dijo el Salmón-Secretario, que también era Oficial de la Flotación a cargo de la Flota del Río del Norte.

Y dicho y hecho, el C.C.R.R. (el Cuerpo de Comunicación Río Real) envió el mensaje por vía de la líbelula a las campanillas que, siempre listas para dar noticias, le dieron a Margarita el mensaje del Rey Río en un dos por tres.

Tan pronto como Margarita recibió el mensaje, suspiró, les dio una débil sonrisa a sus amigas y les envió un beso. Entonces, sacudiéndose un riso sedoso de los ojos, se sacó sus pequeñas patitas morenas de la tierra húmeda y se fue corriendo hacia el río con la ayuda de las campanillas, las nomeolvides y las amapolas silvestres, que andaban muy alborotadas por el viaje de Margarita por razones personales.

—Háganle paso a Margarita,—avisaban las campanillas.

—Ya ves, Margarita, no te hemos olvidado,—insistían una y otra vez las nomeolvides.

—Qué aventura más loca es ésta,—añadían las amapolas silvestres, echando de un lado para otro sus cabecitas colgantes.

Tan pronto como Margarita llegó a las Riberas Reales del Rey Río, donde crecían los Helechos Reales, debajo de las hojas delicadas encontró suficiente rocío como para ponerse bonita por lo menos por dos semanas. Sin embargo, como ya era muy bonita, recogió solamente una sola gota grande de rocío. Con mucho cuidado, se lavó cada partícula de polvo de su carita morena. Entonces, como por encanto, de repente sintió que era tan bella como antes.

—Por favor, quédate con nosotros, Margarita,—susurraron los helechos suavemente.—Nos gustaría que te quedaras con tu bella carita entre nosotros.

—Estaría encantada de permanecer con ustedes, amigos,— respondió Margarita—si dejaran que el sol entrara a su hogar para alumbrarla un poco.

—Nuestro hogar siempre debe estar oscuro y fresco,—susurraron de nuevo los helechos,—porque nosotros somos los guardias del rocío del Rey Río.

—No puedo vivir sin Tonatiuh,—les explicó Margarita, tirándoles un beso de despedida.

Al mismo tiempo llegó el Hoja Barco Real y fue amarrado a la orilla del río.

—Allí está el Hoja-Barco Real que te llevará a través de las montañas a ver a tu amigo—susurraron los helechos todos a la vez.

Con dos brincos delicados, Margarita saltó a su hoja-barco y se marchó. Se acomodó en un nicho redondo en el centro de la hoja y a todos les dijo adiós. Todos los pueblos de peces observaron a Margarita en su viaje río abajo hacia el mar grande y le desearon buena suerte.

Viajó por el río-carretera sinuoso que cruzaba el hermoso valle y bajo los árboles altos a lo largo de la orilla. De vez en cuando Margarita les preguntaba a los árboles si Tonatiuh se encontraba lejos.

—No muy lejos, Margarita,—suspiraban ellos.—A cada momento te acercás más y más.

Margarita suspiraba también y decía—Como quisiera haber llegado ya.

—Pronto llegarás—la consolaban los árboles altos con el susurro de sus hojas.

Para entonces, al otro lado de las montañas, Tonatiuh había llegado al mar y estaba muy ocupado platicando con el pueblo marino, en particular con las grande ballenas azules que sacaban el hocico del agua para recibir su beso. Pero de vez en cuando, Tonatiuh echaba una ojeada hacia atrás. Todavía le molestaba no haber visto la carita morena de Margarita.

Mientras tanto, el pueblo de truchas decidió que algo más se tenía que hacer ya que el Rey Río podía moverse a cierto paso y no más rápido. Celebraron una reunión debajo del Hoja-Barco Real y llegaron a la conclusión que había que pedir la ayuda de Eecatl, el padre de los Cuatro Vientos.

—Si Eecatl le mandara a uno de sus hijos que soplara y soplara y soplara muy fuerte sobre el barco de Margarita— indicó una trucha infantil—podría llegar a tiempo al otro lado de la montaña.

—Padre Eecatl es mi amigo y me hará caso—dijo Lala.— Le pediré que le ayude a Margarita.

Mientras el pueblo de truchas la animaba, Lala hizo un salto corto del agua para declamar—Gran Padre Eecatl, por favor mándanos a tu hijo Acatl, el Viento Oriental. Lala pidió al Viento Oriental porque Margarita viajaba hacia el Oeste, como Tonatiuh, y el Viento Oriental solamente podía soplar hacia el Oeste. Esa era su función.

En un dos por tres llegó Acatl. En realidad, Lala aún estaba en el aire cuando Acatl apareció y dijo—Pide lo que quieras, cuando quieras, Lala.

Lala no saltó al aire una segunda vez, porque a pesar de tan alto que pudiera saltar del agua, una trucha pequeña no puede mantener una conversación en pleno aire. En vez de eso, Lala apenas sacó la cabecita del agua para decir—Hola, Acatl, buen amigo. Margarita necesita tu ayuda para alcanzar a Tonatiuh. No recibió su sol-beso esta mañana.

—¿Dónde está ahora?—preguntó Acatl.

—Anda en el Hoja-Barco Real en dirección hacia el oeste, pero le hace falta un buen empujón para viajar con mayor rapidez—le explicó Lala.

—Yo me encargo de ello—dijo el buen Viento Oriental y desapareció en una ráfaga río abajo en busca de Margarita.

Cuando la alcanzó, Acatl puso el Hoja-Barco Real en un cojín de aire y le advirtió a Margarita que agarrara su asiento con mucha fuerza. Entonces lo convirtió en un Hoja-Barco de propulsión a chorro que volaba por el agua con tanta rapidez que por poco se le deslizaba la bella cabellera a Margarita. Ella estaba encantada porque el día estaba caluroso y ahora, con el viento y la velocidad, se sentía deliciosamente fresca.

En realidad, Margarita disfrutaba tanto de su paseo que ni le importaban las curvas agudas ni las río-esquinas repentinas porque sabía que el Hoja-Barca tenía mandos de aire, y todo el mundo sabe que los mandos de aire funcionan mejor que los de agua.

Poco después de haber cruzado las montañas por un hermoso tunel cubierto de brillantes y relucientes piedras, Acatl detuvo el Hoja-Barco a un paso más leve y lo puso en dirección a una playa arenosa al lado de un río-pozo lleno de nenufares amarillos.

—Bienvenidos Margarita y Acatl—exclamaron los nenufares, inclinando sus caras radiantes hacia los viajeros.

Todo el mundo del lado occidental de la montaña, inclusive los atractivos nenufares, sabían ya de la aventura de Margarita, así es que le ayudaron a ella y a Acatl a poner el Hoja-Barco Real en tierra firme. Terminado eso, Acatl le quitó el aire-cojín al barco y Margarita se bajó y pisó la arena húmeda.

—¿Dónde puedo encontrar a Tonatiuh?—preguntó a los nenufares.

—Allá está todavía, en aquella pradera de botones de oro. Pero, apresúrate o no alcanzarás a verlo otra vez,—le contestaron.

Al encontrarse en el medio de la pradera, sus hermanas le hicieron lugar para que Margarita pudiera meter sus patitas morenas en la fresca y suave tierra. Ya bien acomodada, levantó su carita morena hacia Tonatiuh y, ¡por fin!, allí estaba dándole su sonrisa cálida. Llena de anticipación, Margarita se sacudió el riso café de la cara para que él también la viera sonreír.

Ahora todos eran felices, hasta Lala que salía y se metía al agua una y otra vez para poder verlo todo mejor.

Mientras Margarita esperaba su beso, su carita morena alzada hacia Tonatiuh, cerró los ojos muy fuerte porque nadie, ni siquiera las pequeñas flores que aman el sol, puede enfocar la vista en el sol.

Tan pronto como vio la carita morena de Margarita en medio de la pradera llena de botones de oro, Tonatiuh habló en voz fuerte y profunda:

—Qué gusto me da verte por fin, Margarita—le dijo,—porque te he estado guardando un beso muy especial todo el día entero.

—Cuando bese tu bella carita esta mañana,—continuó Tonatiuh en su voz suave y profunda,—te voy a regalar algo más que será tuyo para siempre. Te voy a otorgar un anillo de puro oro, mi propio color, para que el color de tierra de tu carita lleve para siempre un marco de mi mismo ser.

Y mientras pronunciaba estas palabras, Tonatiuh besó suavemente la carita de Margarita hasta que sus pétalos color de tierra se tornaron a oro.

Desde entonces hasta nuestros tiempos, todas las Margaritas llevan una aureola de oro que enmarca sus caritas color de tiera.

Pat Mora y Charles Ramírez Berg
(trad. Silvia Novo Pena)

La Leyenda de la Nochebuena

Hace mucho tiempo, en el pueblito mexicano de San Bernardo, había un muchacho llamado Carlos.

Una noche fresca, Carlos abrió la pesada puerta de madera de su casita y se asomó. Todo estaba callado. El humo de las chimeneas bailaba sobre el techo de cada casa de adobe. Carlos sabía que las familias estaban comiendo temprano. Esta noche era la primera noche de Las Posadas.

—Chico, ven a mirar las estrellas—Carlos le dijo a su perro pardo y juegetón.—Mira cómo brillan. Hasta los cielos saben que las celebraciones comienzan esta noche.

Carlos cerró la puerta y miró a su tía Nina que estaba asando chiles verdes. Nina tenía el pelo blanco y se movía despacito. Era toda la familia que Carlos tenía, y le bastaba. Carlos y Nina cantaban, bailaban, jugaban, hablaban. Su casa era pequeña y sin adornos, pero estaba llena de un cariño tibio que endulzaba el aire.

Carlos puso con cuidado la comida de Chico junto a la chimenea. Chico le lamió la cara a Carlos y le puso las patas sobre sus hombros.—No, Chico, no tenemos tiempo para ponernos a hacer lucha libre esta noche.

Chico trató de empujar a Carlos. Carlos se rio, le tomó la cabeza a Chico entre las manos y acercó su cara a la de Chico.

—Oh, perrito—dijo Carlos—tú sabes cómo he esperado esta noche. Todo el año Nina me ha estado contando de las nueve noches antes de Navidad. Este va a ser mi primer año de participar en Las Posadas. No puedo demorarme. Vamos. Come.

Carlos se peinó y fue a pararse delante de Nina. Ella lo miró y se sonrió con esa sonrisa de Nina.

—Carlos, cuando estés allá afuera bajo las estrellas, canta

con todo el corazón. Cuando vuelvas, te voy a hacer chocolate caliente y me vas a contar todo lo que viste. Tú eres mis ojos esta noche, Carlos. Míralo todo. Aquí tienes tu vela.

Afuera, Carlos suspiró fuerte y se enderezó de hombros. Miró por la ventana de su casa y vio a Chico y a Nina calentándose junto al fuego. Se sintió contento de que pronto regresaría y compartiría su aventura con sus dos amigos.

Carlos se unió al grupo de personas reunidos frente a una casa que parecía brillar. Había velas en todas las ventanas. Pronto llegaron cuatro hombres cargando sobre sus hombros una gran bandeja de madera. Carlos se puso en punta de pies para ver las estatuas de José y de María montando el burro.

Un hombre alto habló.—Es hora de empezar—dijo.—Esta noche comenzamos nuestro viaje. Somos viajeros que buscan habitación en una posada, La Posada, como lo hicieron María y José. Cada noche por nueve noches nos reuniremos y llevaremos las estatuas a la próxima casa en nuestro viaje. Tocaremos a la puerta y pediremos albergue para la noche. Esta temporada es el tiempo para preparar nuestros corazones para la Navidad, para decidir qué regalo quiere cada uno de nosotros ofrecerle al Niño Jesús.

Carlos miró a las personas a su alrededor. La mayoría tenía mejor ropa y zapatos más nuevos, pero esta noche todos estaban cogidos de las manos.

El hombre alto tocó a la puerta y el grupo cantó.

Muy buenas noches,
aldeanos dichos,
posadas les piden
estos dos esposos.

        ¿Serán bandoleros
        o querrán robar . . . ?

Vengan, vengan, vengan,
Jesús y María

*y su amado esposo
en su compañía.*

*Abranse esas puertas,
rómpanse esos velos,
que viene a posar
el Rey de los Cielos.*

La puerta de la casa se abrió despacito. Los ojos de Carlos se le fueron poniendo grandes mientras veía las montañas de comida y las brillantes decoraciones. Nina tenía razón. El nacimiento de Jesús era el mejor motivo para una fiesta.

El grupo se arrodilló y rezó. Carlos cerró los ojos bien apretados y pensó. El fruncir del ceño arrugó su carita. En la Nochebuena iría con los otros niños de San Bernardo a la iglesia. Cada niño colocaría un regalo especial en el pesebre para el Niño Jesús. El no tenía dinero, ni Nina tampoco. ¿Qué regalo podría darle él que fuera algo especial?

La oración terminó.

Con un grito de alegría los niños se apresuraron al otro lado de la habitación para jugar y gozar de la comida. La señora de la casa dijo:

—Vamos, Carlos. Juega y come tú también. Que goces de La Posada.

—Cuánto voy a tener que contarles a Nina y a Chico— pensó Carlos.—Para que mi cuento no sea demasiado largo, cada noche les voy a contar un pedacito de La Posada. Esta noche les voy a contar de las estatuas, los cantos, las oraciones.

Y así fue.

—Esta noche llovieron caramelos—dijo Carlos cuando llegó a casa la segunda noche. Nina sonrió.—Ah, una piñata—dijo.

—Oh, Nina, fue tan bonito—dijo Carlos—una estrella hecha de papel de colores colgada del techo. ¡Pum! ¡Pum!

¡Pum! hizo el palo cuando cada uno de nosotros trató de romper la piñata. Finalmente, una niña fuerte lo rompió y caramelos, caramelos deliciosos se derramaron de ella cubriendo todo el piso. Todos nos tiramos para agarrar algunos. Aquí, Nina,—dijo Carlos extendiendo la mano— traje un pedazo para cada uno de nosotros.

Cuando Carlos le ofreció el caramelo casero a chico, chico dio un ladridito y entonces saltó y se lo arrebató a Carlos de la mano.

Y así se pusieron a comer los caramelos de Navidad, con los ojos fijos en el fuego de la chimenea, imaginándose la piñata que se balanceaba de atrás hacia delante, de atrás hacia delante.

La tercera noche Carlos regresó con un pequeño bulto.— Esta noche les voy a contar de una mesa, como la mesa de mis sueños. Había montañas de tamales humeantes, una olla grandísima de frijoles, bandejas de galletas dulces y una torre de buñuelos, redondos, de pasta fina y crujiente, brillante de azúcar.

Carlos desenvolvió su bulto y se sonrió al ver la cara que puso Nina cuando vio todas las golosinas que le habían mandado.—Ayúdame a comerme todo esto—dijo ella. Carlos le brindó un pedazo de tamal dulce a Chico y Chico saltó y lo tomó de su mano y se lo comió. Hasta chico gozó de la comida de La Posada.

—¿Qué tienes ahí? —le preguntó Nina cuando Carlos entró en su casa la cuarta noche. Su mano estaba cerrada en un puño apretado.

—Ya verás—dijo con una gran sonrisa. Carlos se sentó y empezó su cuento con la cabeza de Chico sobre sus rodillas.

—Esta noche les voy a contar de mi juego favorito en La Posada. La señora de la casa les dio a los niños cáscaras de huevos especiales llenas de confeti. Todos nos pusimos a correr rompiendo los huevos sobre las cabezas de los demás pero tratando de que no nos pegaran a nosotros. Nos reímos y nos reímos.

Carlos entonces sacó uno de los huevos para enseñárselo a Nina, pero Chico creyó que era otra golosina y dio un salto para morderlo. El huevo explotó y de repente había confetti en el aire por todas partes. Los tres quedaron cubiertos de pedacitos de papel rojos, amarillos, verdes y azules.

Carlos depositó un beso suave en la frente de Nina.—Te ves tan bonita con joyas de papel en el pelo—le dijo.

—¡Y tú también!—le dijo Nina señalándolo a él con el dedo y riéndose.—¡Y Chico también!—dijeron los dos a la vez y se rieron.

A la noche siguiente Carlos se acostó temprano, después de La Posada. Nina lo arropó en su camita estrecha. Ella sabía que algo estaba preocupando a Carlos, pero no dijo nada.

Después que Nina se fue a dormir, Chico empezó a lamerle la cara a Carlos. Carlos acarició a Chico detrás de las orejas y susurró—Amigo mío, ¿qué vamos a hacer? Yo le puedo traer a Nina caramelos y buñuelos y confetti, pero ¿qué puedo llevarle al Niño Jesús el día de Nochebuena? Estas son noches mágicas. Yo quiero que mi regalo para Jesús brille como una joya.—Chico puso su cabeza sobre el hombro de Carlos.

La sexta noche Carlos hizo el camino a casa tarareando los villancicos que había cantado. Las estrellas estaban tan brillantes que se sentó sobre su roca predilecta para mirarlas.

—Yo quisiera que una estrella me cayera en la mano—pensó.—Me la llevaría a casa para darles la sorpresa a Nina y a Chico con la hermosa luz. Me la llevaría a la iglesia en Nochebuena. La pondría ante el pesebre.

Eso sí que sería un regalo para sentirse orgulloso. Pero no se cayó ninguna estrella. Carlos se fue caminando a casa y trató de aparecer contento cuando le cantó los villancicos a Nina.

—Mira lo que la señora de la casa me dio—Carlos dijo cuando entró en la casa la séptima noche. Enseñó dos linternas de papel.—Son para hacer que nuestro pueblo brille en la Nochebuena. Alumbrarán el camino para el Niño Jesús. En Nochebuena alumbraremos las linternas. Estarán en los árboles, sobre los techos, alrededor de la iglesia. Y este año, Nina, nosotros también tendremos las nuestras para colgar afuera de nuestra puerta. ¡Ay, Nina, qué noche tan especial va a ser esta Nochebuena!

La octava noche, después de las oraciones y los refrescos, les dijeron a los niños que los indios de las montañas cercanas vendrían a unirse a la procesión hasta la iglesia.
Nuevamente habló el hombre alto.
—En Nochebuena los indios serán como los pastores de Belén. Después que ustedes los niños coloquen sus regalos ante el pesebre, ellos bailarán delante de la iglesia. Cantarán. Este será su regalo.

Esa noche Carlos preguntó—¿Mañana irás conmigo, Nina? Chico vigilará nuestra casa. Primero encenderemos nuestras linternas. Entonces iremos llevando nuestras velas a la última casa de la posada. Llevaremos las estatuas de María y José y las colocaremos en el pesebre de la iglesia. Su viaje habrá terminado.
Carlos se puso callado.
—Y, ¿entonces?—dijo Nina—, tú y los otros niños colocarán cada uno un regalo ante el pesebre.
Carlos no dijo nada.

—Jesús tampoco era niño rico, Carlos. A él le gustaba correr y jugar en las montañas que estaban cerca de su pueblo igual que a ti. Sal mañana y coge una de las plantas que crecen salvajes cerca de la roca desde donde a ti te gusta mirar las estrellas. Ese será tu regalo.

Carlos quería obedecer las palabras de Nina, pero le sería difícil. Estas noches de posadas lo habían puesto tan contento. El quería que su regalo mostrase esa alegría. El quería que su regalo brillara. ¿Cómo iba a darle al Rey sólo una planta común, una simple yerba mala pisoteada e ignorada que se encontraba en todas partes?

—El Niño Jesús comprenderá—dijo Nina.—El amor hace de los regalos pequeños algo especial.

Finalmente llegó la Nochebuena. Carlos encendió dos velas y las colocó dentro de las linternas de papel. Las colgó a cada lado de la puerta. Dejó a chico en el umbral. Las linternas se balanceaban en el viento.

Carlos entonces tomó a Nina del brazo para acompañarla y unirse a la posada. En la otra mano llevaba su regalo, su pequeña planta. El aire estaba más tibio, más dulce. Todo el pueblo de San Bernardo brillaba. Los indios silenciosamente caminaban con los otros hacia la iglesia.

Carlos se puso en fila sosteniendo su pequeña planta. Algunos de los niños llevaban rosas, frutas; otros llevaban pan o queso. Lágrimas de vergüenza le corrían por la cara a Carlos. Un regalo tan pequeño.

Entonces algo pasó. Una de las lágrimas de Carlos cayó sobre la planta y donde tocó la hoja verde hizo un punto rojo. Carlos miró a Nina. Cuando volvió a mirar la planta en su mano, otra lágrima cayó de sus ojos. Sus lágrimas estaban volviendo roja la hoja entera. Miró a Nina otra vez. Ella se sonrió.

Cuando le llegó su turno, Carlos cuidadosamente puso su planta ante el pesebre. Ahora toda la parte de arriba de la

planta se había vuelto roja, convirtiéndose en una bella flor: La Nochebuena. Era el regalo más hermoso.

Afuera Carlos miró su pueblo de San Bernardo. Vio las linternas de colores que bailaban en los árboles. Esta noche en su pueblito en México vio que todas las plantas, iguales a las que él había regalado, habían cambiado de color. Eran como estrellas rojas brillantes. Ellas también alumbrarían el camino para el Niño Jesús.

Los indios empezaron su baile lento marcando el ritmo, sonando sus calabazas llenas de semillas. Mientras Carlos miraba, le apretaba la mano a Nina. Ella había tenido razón otra vez.

El amor es mágico.

El amor hace de los regalos pequeños regalos especiales.

Sylvia Contreras

El Unicornio

Había una vez, en un país muy lejano, un unicornio blanco y hermoso. El unicornio era el único que quedaba en todo el mundo. Los demás de los unicornios fueron destruidos por los humanos que eran muy malos y avaros. La diosa de los unicornios decidió hechizar a todos los humanos y animales para que nadie pudiera ver u oír el unicornio que quedaba. Ella sabía bien que el unicornio era el único del mundo y ella lo iba a proteger. La diosa sabía que nadie se podría escapar del hechizo, pero siempre habría la posibilidad de que una persona especial, que tuviera un corazón generoso, bueno y de oro, no fuera afectada.

Todos los días el unicornio subía a la cima de su montaña que se llamaba "Alma" y despues iba a dar un paseo por el bosque encantado. El se sentía muy solo, pero sabía que no iba a hacerse amigo de nadie en el mundo.

Un día, el unicornio iba a dar un paseo por el bosque encantado cuando vio a una figura pequeña y se dio cuenta que era una niña. La niña tenía pelo castaño y era muy pequeña.—¿Me podrá ver ella?—pensaba el unicornio.

Mientras el unicornio se acercaba a la niña, le invadían sentimientos de temor. El nunca se había sentido así antes. Parado cerca de la niña, pensaba que la quería llamar y que quería reírse con ella. Se sentía lleno de paz y tranquilidad al estar cerca de ella. Sentía que ella era la elegida, la única humana con el corazón de oro y la que no era afectada por el hechizo de la diosa de los unicornios.

Entonces, de repente, la niña dio vuelta y se encontraron uno frente al otro y estuvieron viéndose el uno al otro por un momento.

—Me llamo Maricela—dijo la niña. Tú eres un unicornio hermoso.

El unicornio respondió—Pero, ¿tú puedes oírme y verme?

—Sí, yo he soñado y he deseado ver a un unicornio muchas veces. Mi deseo se ha cumplido.

—Yo he esperado mucho tiempo a una persona especial para tener una buena amistad.

Los dos hablaron por mucho tiempo y jugaron en el bosque. Maricela le contaba su deseo y sus sueños profundos con el unicornio. Le dijo que sus amigos se burlaban de ella por sus deseos de conocer a un unicornio. Maricela le dijo que una noche cuando ella se acostó en la cama, amaneció sobre el terreno al lado de un arroyo. Le aseguraba que no tenía miedo porque el bosque estaba lleno de animales amistosos, pero ella quería regresar a su casa para estar con su familia. Esto hacía que el unicornio se sintiera muy triste porque él le quería ayudará a regresar a su casa.

Ellos estaban juntos todo el tiempo desde el primer día en que se conocieron. El unicornio la llevó para su montaña Alma y le dijo:

—Yo te ayudaré a hallar el camino hacia tu casa.

—Pero, ¿cómo vas a hacer eso?

—Yo voy a hablar con la diosa de los unicornios y ella te ayudará.

Después de varios días, la diosa apareció en la montaña Alma y Maricela le contó toda la historia. Le contó cómo ella había deseado mucho ver a un unicornio y que creía en ellos y que hasta se había olvidado de su familia por este deseo. Ahora que estaba muy lejos de ella, Maricela quería regresar.

—Yo no te puedo ayudar—le dijo la diosa.

Maricela empezó a llorar y el unicornio se sentía muy triste.

—¿Qué es lo que voy a hacer?—tristemente se preguntaba Maricela.

—Tú te puedes quedar conmigo y jugaremos juntos y seremos amigos para siempre.

La diosa no estaba sorprendida de que la niña inocente pudiera ver y hablar con el único unicornio del mundo. La niña era especial y la diosa se sentía tranquila y alegre al estar con ella también.

Varios años pasaron y un día la chica joven le dijo al unicornio que ella extrañaba y soñaba con su familia. No pensaba nada más que en su familia. Siempre les echaba mucho de menos. Sentada cerca del arroyo, lloraba y sus lágrimas rodaban por su rostro. Las lágrimas se dejaban caer en la corriente y el reflejo del unicornio desaparecía. El unicornio sabía que un día ella regresaría a su casa y a su familia.

Esa noche, cuando Maricela se despedía del unicornio, antes de acostarse, ella se sentía muy triste. Ella no comprendía sus sentimientos, pero el unicornio sí los comprendía. Cuando ella se durmió, el unicornio le dijo—Yo te quiero mucho, Maricela. Yo siempre te voy a querer y te voy a extrañar mucho. Y sé que tus sueños y deseos se cumplirán. Yo sé que los míos se han cumplido.

El unicornio se volteó y caminó rumbo a la montaña Alma. El sabía que por mucho tiempo él esperaría a otra persona especial para que fuera su amigo. Se sentía triste y al mismo tiempo alegre, porque él tuvo la oportunidad de tener una amiga especial. Se daba cuenta que muchas personas no aprovechan las oportunidades que se les presentan para cultivar buenas amistades.

Nicholasa Mohr (trad. Silvia Novo Pena)

Jaime y la Concha de Caracol

Antes de que Jaime Esteban Rivera cumpliera cinco años, se había mudado a la ciudad de Nueva York. Se había mudado de su pequeño pueblo allá en lo alto de las lomas de su pequeño país, una Isla en el Mar Caribe. Jaime no se puso contento cuando oyó que su familia y él iban a dejar su hogar. No estaba contento ahora que vivía en un apartamento en un edificio grande en la ciudad de Nueva York.

Cuando Jaime estaba para dejar su pueblito, su Tío Osvaldo le dio una concha de caracol rosada. Las conchas de caracol se encuentran en la playa cerca del mar. Jaime nunca había visto nada por el estilo. En efecto, Jaime sólo había visto el mar tres veces en la vida. Fue cuando hizo un viaje para visitar a su primo favorito, Luis. Luis tenía la edad de Jaime y vivía en un apartamento en la capital de la Isla. La ciudad era un puerto cerca del mar. Fue allí que Jaime vio tanta agua a la vez.

El Tío Osvaldo supo que Jaime estaba triste y por eso le había dado la concha de caracol y le había dicho:

—Jaime, cada vez que sientas nostalgia por tu pueblo, ponte esta concha de caracol al oído. Oirás al principio el sonido del mar. Entonces cierra los ojos y volverás a recordarlo y a ver a tu pueblo otra vez. Verás las montañas, los árboles y cualquier otra cosa de la que te acuerdes. Así no te sentirás tan solo.

—¿Es ésta una concha mágica?—Jaime había preguntado.

—Es una concha especial que sólo funciona cuando la necesitas. Acuérdate, tienes que pensar mucho y querer acordarte, de otra forma no resultará.

Jaime verdaderamente extrañaba su antiguo hogar. Quería correr por los caminos que le iban dando vueltas a las montañas. Jaime quería sentirse libre nuevamente, saltar, correr y caerle detrás a sus amigos arriba, abajo y por todas partes como lo hacía antes.

Esta ciudad de Nueva York era un sitio extraño. Aquí no había casas pequeñas. En vez de eso había muchos edificios grandes. Todo el mundo vivía en apartamentos. La gente se encerraba y le pasaba el cerrojo a la puerta. En el pueblo la gente dejaba la puerta abierta de par en par la mayor parte del tiempo. Todos entraban y salían cuando les daba la gana.

Había muchas cosas que confundían a Jaime. La gente aquí hablaba inglés. El no podía entender lo que decían. Todos hablaban tan rápido. Las palabras le sonaban así:

GARAHR..AR..TAT..AR..ZEE..GOOOD..AR..HUHM..y así lo demás.

También Jaime había pasado algunos sustos desde su llegada, como la vez que había ido con sus padres a visitar a sus amigos. Habían entrado en un edificio muy grande que llegaba hasta el cielo. Adentro del vestíbulo, se habían puesto a esperar delante de dos grandes puertas. Estas puertas se abrieron solas. Entonces habían entrado a un cuartico pequeño que no tenía salida. Las puertas se habían cerrado y el cuarto empezó a moverse. Jaime se abrazó a su padre con miedo. Todo el cuarto, con ellos adentro, se movía. Finalmente, se detuvo, las puertas se abrieron y estaban en otro sitio. El padre de Jaime le explicó que este cuarto se llamaba un elevador. Los había subido desde la planta baja hasta muy arriba, al piso catorce. Todo lo que uno tenía que hacer era apretar un botón y el cuarto funcionaba solo.

Otra vez, Jaime y su familia caminaban por la calle y de repente su padre los bajó por unas escaleras empinadas que entraban a un agujero en la acera. Entraron en un lugar oscuro donde había mucha gente de pie. Entonces pagaron para pasar por una entrada giratoria a un andén. Pronto se oyó un ruido alto que sacudió el andén. Una luz brillante vino apresuradamente hacia él, seguida de muchos trenes enganchados unos a otros. Los trenes se pararon y la gente se subió y se bajó de ellos. Su padre le explicó que esto se llamaba subway, que el subway eran trenes subterráneos que viajaban por túneles bien abajo de la tierra. Estos trenes llevan a la gente de una parte de la ciudad a otra.

Aunque Jaime se sentía fascinado por todo esto, en verdad que le había dado un susto terrible.

Afuera, en las calles, siempre había gente corriendo por todas partes, mucho tránsito y ruido. Jaime creía que nunca, pero nunca, se iba a acostumbrar a todas estas cosas extrañas de la ciudad de Nueva York.

Jaime se sentó en la cama y se puso a mirar por la ventana. Vivía en el cuarto piso. Vio muchas tendederas. Estas estaban llenas de ropa recién lavada secándose al sol. Las tendederas zigzagueaban, se entrecruzaban una a otra de piso en piso hasta llegar abajo. Los pantalones, las camisas y la ropa interior hacían flip flop mientras saltaban y bailaban en el viento.

Jaime suspiró. Aquí no había montañas, no había ni árboles ni flores aquí. Todo le parecía gris. El único color que había era en las palabras y en los números pintados en el concreto y en las paredes de ladrillo de los edificios. Estaban pintados de amarillo, naranja, rosado, azul y muchos otros colores. Jaime no sabía leer todavía, pero reconocía de cualquier forma lo que eran números y lo que eran letras. Iba a empezar en la escuela el año próximo. Entonces podría leer y distinguir los números.

Había algunas cosas que le gustaban, como poder conseguir agua fácilmente. ¡Solamente abría la llave y ahí tenía uno toda el agua que quería! ¡Fría o caliente! Allá en casa, él tenía que ayudar a sacar el agua de un pozo grande. Todos los días él y su familia tenían que cargar cubos de agua hasta su cabaña. Todos en el pueblo hacían lo mismo.

A Jaime le encantaba el baño. Después de hacer todo lo que tenía que hacer en el inodoro, lo único que tenía que hacer era apretar una manivela y todo desaparecía. Era mucho mejor que el antiguo excusado detrás de la cabaña donde siempre tenía miedo de caerse. A Jaime le gustaba probar todos los aparatos modernos en su apartamento que era casi tan bueno como el de su primo Luis en San Juan. El apartamento de su primo Luis era más grande y también tenía un balcón con muchas plantas.

De verdad, él extrañaba a su primo Luis. Jaime quería tener un hermano con quien jugar. Lo único que él tenía era a Marieta, su pequeña hermana. Ella sólo tenía dos años y todavía no podía hablar como Dios manda.

Luis era quien le había contado a Jaime sobre la ciudad de Nueva York. Le había contado sobre el frío y la nieve. Luis le había dicho que los ángeles que viven en el cielo sobre la ciudad de Nueva York pasan mucho frío en el invierno.

—Cuando los ángeles tienen tanto frío lloran. Las lágrimas se les congelan y eso es lo que son los copos de nieve, las lágrimas congeladas de los ángeles. Si hay suficientes de ellos que lloran a la vez, entonces cae mucha nieve y cubre la ciudad como una cobija blanca.

Era todavía el principio del invierno y no había caído nieve todavía. Jaime tenía un libro sobre el invierno. Allí se veía mucha nieve, niños jugando, tirando bolas de nieve y haciendo un muñeco de nieve. También había una lámina de un niñito en un trineo. Jaime siempre se excitaba mucho cuando pensaba en la nieve. También tenía un poco de miedo y se preguntaba si los copos de nieve que caían del cielo podrían hacerle daño.

Desde su llegada a la ciudad de Nueva York hasta el momento, Jaime sólo había estado con otros niños una vez. Eso fue cuando fue a visitar a los amigos de sus padres al edificio grande. Había jugado con dos niños como de su misma edad y con una niña mayor. No hablaban español, pero entendían lo que decía Jaime y le contestaban en inglés. Le cayeron muy bien y le hubiera gustado mucho verlos otra vez.

Jaime se sentía muy solo. Metió la mano debajo de su cama y sacó la cajita que guardaba su concha de caracol. Con cuidado, la sacó y se la puso al oído. Oyó el rugido del mar. Entonces Jaime cerró los ojos y vio su pueblo. Claramente aparecieron todas las cabañas de madera que estaban en los campos. Vio la tienda donde su madre hacía las compras. Vendían comida, dulces, telas, ferretería y casi todo lo que uno necesitara. Allí estaba el perro del pueblo, Chencha. Siempre estaba teniendo cachorros. Oh . . . oh, y allí estaban sus amigos, Pepito, Lucy, Wilfredo. Iban todos subiendo a la carrera por un lado de la montaña para llegar al otro y jugar. ¿A qué jugarían? ¡A los escondidos! ¡Qué divertido! Jaime casi podía oler la humedad de la tierra. Tenía la esperanza de que bajaran al arroyuelo a coger renacuajos. Quería unirse a ellos.

—Jaime, ¿dónde estás?—la madre de Jaime entró al cuarto. Tenía a Marieta cargada en sus brazos.

—¿Qué estás haciendo, mi hijo?—preguntó.

—Nada—contestó Jaime y metió la concha de caracol otra vez en la caja.

—Pareces estar descontento, Jaime.

—Ojalá tuviera amigos con quienes jugar—dijo.

—Tu cumpleaños es dentro de dos semanas—le dijo su madre.—Voy a invitar a los niños con quienes jugaste cuando fuimos a visitar al señor y a la señora Ortiz. A lo mejor para entonces habrás hecho más amigos de entre los niños del barrio. Así puedes invitarlos a la fiesta también.

—Mami—le dijo Jaime—los niños de aquí hablan inglés.

—Tú también aprenderás a hablar inglés. Vas a ir a la escuela el año que viene. Pero casi todos estos niños entienden el español. Se van a llevar muy bien todos.

—Espero que sí—Jaime encogió los hombros.

—Bueno, y ¿qué quieres para tu cumpleaños, Jaime? ¿Has pensado en algo que de verdad tú quieras?

—No—respondió Jaime.

Lo que quería de verdad era volver a casa. Volver a su pueblo, a sus amigos y a la vida que él comprendía. Por supuesto, Jaime no podía pedir que le concedieran ese deseo.

—¿No?—su madre sacudió la cabeza—No puedo creer eso. Pero, no importa, Jaime, a tu padre y a mí se nos ocurrirá algo que te complazca.

Pasaron muchos días y Jaime se quedó adentro casi todo el tiempo. Su concha de caracol rosada era un consuelo para él. Jaime la sacaba varias veces al día y todas las noches. Se la ponía al oído, esperaba el rugido del mar, cerraba los ojos y pensaba en su pueblo. Así se sentía menos solo. Jaime salía algunas veces. Se iba a mirar las vidrieras de las tiendas con sus padres y con Marieta. Le gustaba mirar lo que había dentro de las vidrieras bien iluminadas de las tiendas que bordeaban la avenida ancha. Cada tienda exhibía cosas diferentes como vestidos, aparatos para la casa y juguetes. Mirar los juguetes era lo que más divertía a Jaime. También fue con su madre a un gran supermercado. La ayudó a escoger los víveres de los anaqueles bien ordenados.

Ahora estaba empezando a hacer tanto frío que tenía que ponerse mucha ropa, chalecos, un abrigo, una bufanda, guantes y un sombrero. Jaime nunca se había puesto tantas cosas a la vez. Había veces que le parecía que casi no podía moverse.

Todos los días pasaba por al lado de algunos niños que jugaban frente a su edificio. Ellos le sonreían y él les sonreía a su vez. Un día uno de ellos saludó a Jaime con la mano y le dijo algo. Jaime comprendió lo que el niño había dicho. Sonaba como:
HI GAWA YAH?
Pero Jaime sabía que era realmente, "Hi, how are you?" Jaime le respondió.

—I'm fine.

El padre de Jaime le había enseñado a decir eso. Entonces él les preguntó:

—Hi, how are you?

—Fine—contestaron. Entonces dijeron algo más. Jaime no lo comprendió, pero se sonrió y dijo que sí con la cabeza. Ellos se sonrieron y le hicieron un saludo con la mano.

Se sentía contento de que los niños le hubieran hablado.

Una tarde ya tarde, días antes de su cumpleaños, Jaime se sentó en la cama y se puso a mirar por la ventana. Algo parecía diferente. El aire estaba lleno de copos de nieve. ¡Caían de allá arriba haciendo remolinos ante sus ojos! Se sentía tan excitado que casi no podía respirar. Pero algo lo intrigaba. Tan pronto como los copos de nieve tocaban el suelo desaparecían. ¿A dónde es que se iban? ¿Qué les pasaba?

Jaime salió corriendo a buscar a su madre y a su hermana.

—Mami, Mami. ¡Mira! ¡Nieve! ¡Nieve!

Jaime, su madre y la pequeña Marieta miraron por la ventana de la sala.

—¡Qué hermoso!—dijo la madre de Jaime.

—Nieve . . . nieve—decía Marieta apuntando con el dedo los copos de nieve que pasaban volando.

—Muy bien—Jaime dijo mirando a su hermanita con orgullo—eso es lo que es. Se llama nieve.

—Por favor, Mami, ¿me dejas salir a jugar? ¡Por favor!—Jaime saltaba de lo más excitado.

—Sí. Primero todos debemos vestirnos con ropa abrigada—replicó su madre—entonces saldremos todos.

Afuera la nieve seguía cayendo todavía. Jaime notó que había como parches blancos encima de los automóviles, sobre los escalones de la entrada y sobre trozos grandes de las aceras.

Jaime se quitó un guante. Cuidadosamente extendió la mano hacia los copos de nieve que caían. Sintió gotas frías, suaves. Parecían más suaves que la lluvia. La nieve sobre el suelo le recordaba a Jaime las suaves gotas del rocío de la mañana que cubrían su pueblo un poco antes de que saliera el sol caliente. Jaime bajó los ojos hacia la palma de la mano y los copos de nieve habían desaparecido. Se habían hecho agua. Jaime se llevó la mano a la boca y probó su humedad. Sí, sabía a agua fría fresca. Jaime recogió un puñado de nieve blanca de la barandilla de la escalerilla de entrada y la lamió. La nieve sabía blanda y fría como un helado sin sabor. La madre de Jaime recibió nieve también. Nunca había visto nada como esto en su vida.

—Nieve . . . nieve—dijo Marieta riéndose.

Algunos niños se acercaron a Jaime y lo invitaron a jugar. Jaime miró a su madre. Ella dijo que sí con la cabeza y se sonrió. El estaba empezando a comprender mucho de lo que los niños le decían.

Jugaron en frente del edificio de Jaime. Resbalándose, deslizándose en la nieve que caía. La nieve empezó a pegarse al suelo formando un cojín mullido para los niños. Se perseguían unos a otros, se caían y se revolcaban. Algunos hacían bolas de nieve y entablaban una batalla amistosa a bolas de nieve. Otros trataron de hacer un muñeco de nieve, pero la nieve estaba demasiado blanda para moldear figuras grandes.

Al rato Jaime oyó a su madre llamar.

—Jaime, es hora de subir—le dijo.

—Oh, Mami, me estoy divirtiendo tanto. Por favor, déjame quedarme.

—Está oscureciendo. Puedes jugar afuera otra vez mañana, te lo prometo. Ahora sube para comer. Tu padre va a llegar a casa pronto.

Jaime se despidió de sus amigos.

—¡Hasta mañana!—exclamaron—que no se te olvide.

—Que no se te olvide—repitió Jaime.—¡Estoy bien!—añadió.

Esa noche Jaime estaba tan contento que se le olvidó sacar su concha de caracol rosada. En lo único en que podía pensar era en mañana, en jugar en la nieve y en los nuevos amigos que había hecho.

Cuando llegó el cumpleaños de Jaime, invitó a algunos de

sus nuevos amigos y también a los niños que había conocido en casa de los Ortiz. Todos se divirtieron. Comieron torta de cumpleaños, helado, dulces e inflaron globos. Jugaron a ponerle el rabo al burro, a la gallinita ciega y a los escondidos. Jaime recibió muchos regalos. Le dieron libros, juegos, rompecabezas, un camión de bomberos y alguna ropa. Pero el regalo que más le gustó fue el que le dieron sus padres. Era un trineo nuevo, rojo y brillante. Su padre le iba a enseñar como usarlo.

—Jaime, mañana te voy a llevar al parque. Puedes deslizarte por la loma empinada con tu trineo—le dijo su padre.

En su vida, no se había sentido Jaime tan contento.

Esa noche, en la cama, Jaime se puso a mirar su hermoso y rojo trineo nuevo. No podía esperar a jugar con él. Entonces se acordó de su concha de caracol rosada. No la había sacado desde hacia mucho tiempo. Metió la mano debajo de la cama y sacó la caja. Se puso la concha al oído, entonces se puso a esperar. Tardó un rato, pero finalmente oyó el rugido del mar. Entonces, cerró los ojos, pero no vio nada. Los abrió otra vez y se acordó de las palabras de Tío Osvaldo.

—Recuerda, tienes que pensar muy fuerte y querer recordar, de otra forma no resulta.

—Sí, quiero . . . sí quiero recordar—murmuró Jaime. Cerró los ojos y pensó bien fuerte. Al rato vio la ladera de la montaña y su pueblo una vez más. Sus amigos aparecieron ante su vista. Sí, todavía podía verlo todo. Jaime suspiró contento.

Sabía que, realmente, ya no necesitaba la concha de caracol más porque nunca se olvidaría de su pueblo, de donde había venido, o de su Tío Osvaldo y de sus amigos. Siempre se acordaría.

Jaime extendió la mano, tocó su trineo y entonces cerró los ojos. Esperó ansiosamente el día de mañana. Quería jugar en la nieve con sus amigos. Le gustaba estar aquí y sabía que él era ahora parte de esta nueva vida. Sentía una gran alegría en su corazón.

Contributors/Colaboradores

Naomi L. Barletta, author of two books of poetry, *Sueños y señales* and *Fair Poetry*, and Professor of English at the University of Puerto Rico-Mayagüez.

Charles Ramírez Berg, Chicano novelist and the Managing Editor of *The Investigator* magazine, El Paso.

Mark Blickley, New York playwright; his story was developed in Nicholasa Mohr's creative writing workshop.

Sylvia Contreras, University of Houston student of Bilingual Education, with a special interest in children's literature.

Alberto and Patricia de la Fuente, husband and wife writing team from Edinburg, Texas; Patricia is a Professor of English at Pan American University.

Angela McEwan-Alvarado, widely published poet from Whittier, California, and Editor for *El Nicaragüense*.

Frances Mancilla, a Bilingual Education teacher in Houston, Texas.

Nicholasa Mohr, the lauded author of fiction for children, young adults and adults. Her most recent book, *Rituals of Survival: A Woman's Portfolio* (Arte Público Press), her most recent award, The American Book Award, 1981.

Pat Mora, widely published El Paso poet, winner of the 1984 Southwestern Book Award for *Chants* (Arte Público Press).

Silvia Novo Pena, poet, journalist *(La Voz de Houston* and *The Catholic Herald)*, and Arte Público Editor, Houston.

Narciso Peña, Art Director for Arte Público Press.

Sylvia Cavazos Peña, Associate Professor of Bilingual Education, specialist in children's literature and reading at the University of Houston. She also edited *Kikirikí: Stories and Poems in English and Spanish for Children* (Arte Público Press).

Franklyn P. Varela, Brooklyn-born Puerto Rican writer whose stories have appeared in Arte Público's *Kikiriki* and in nationally distributed school textbooks; he resides in Chicago.

Guillermo Wild, widely published short story writer, has taught philosophy at Texas A & M and the University of Houston.

Elsa Zambosco, Argentine poet and actress who teaches at the University of St. Thomas in Houston.

TUN- TA-CA- TUN